东方神话

张庞　卜宝玉 ◎ 著

臧克家

中国言实出版社

图书在版编目(CIP)数据

东方神话 / 张庞，卜宝玉著 . -- 北京：中国言实
出版社, 2021.3
ISBN 978-7-5171-1083-5

Ⅰ.①东… Ⅱ.①张… ②卜… Ⅲ.①政治抒情诗 –
中国 – 当代 Ⅳ.①I227.2

中国版本图书馆 CIP 数据核字（2021）第 040584 号

出 版 人　王昕朋
责任编辑　肖　彭
责任校对　宫媛媛

出版发行　中国言实出版社
　　　　地　址：北京市朝阳区北苑路 180 号加利大厦 5 号楼 105 室
　　　　邮　编：100101
　　　　编辑部：北京市海淀区花园路 6 号院 B 座 6 层
　　　　邮　编：100088
　　　　电　话：64924853（总编室）　64924716（发行部）
　　　　网　址：www.zgyscbs.cn
　　　　E-mail：zgyscbs@263.net
经　　销　新华书店
印　　刷　北京盛通印刷股份有限公司
版　　次　2021 年 3 月第 1 版　　2021 年 3 月第 1 次印刷
规　　格　710 毫米 ×1000 毫米　1/16　25.5 印张
字　　数　406 千字
定　　价　88.00 元　　ISBN 978-7-5171-1083-5

张庞，河北隆尧人。2002年加入中国作家协会。著有文集《军旅求索》《逻辑河流的思维浪花》，诗文集《诗与论的灵感互动》《军事与文学的互访·张庞诗文集》（1—5卷），诗集《东方情结》《驻足阳光》《张庞短诗选》《绿色的骄傲》（合作）、《张庞自选集——陌生化制作》，长诗《东方神话》（合作），文艺评论集《聚焦长诗〈东方神话〉》（合作）、《西山论剑》等。诗歌《阅兵车驶过金水桥》获全军文艺新作品奖，《东方神话》获解放军文艺奖、中国诗歌学会时代放歌奖，入选中宣部、文化部、广电总局、中国作协等六部门纪念建党80周年十部献礼作品。

卜宝玉，山西万荣人。2002年加入中国作家协会。著有长诗《东方神话》（合著），诗集《东方性格》《东方士兵》，散文集《心灵风景》等。作品多次在全国、全军获奖。《东方神话》获解放军文艺奖、中国诗歌学会时代放歌奖，入选中宣部、文化部、广电总局、中国作协等六部门纪念建党80周年十部献礼作品。诗集《东方性格》获第四届全军文艺新作品奖，长诗《抗洪交响曲》获1998年全军抗洪题材优秀文艺作品奖、北京军区战友文艺奖，长诗《以英雄的名义树起生命的诗碑》获全军抗击非典题材优秀文艺作品奖。

序

——

激越雄浑的英雄史诗

张同吾

当新世纪的第一缕曙光辐照东方大地的时候，我们迎来了中国共产党建党80周年的隆重庆典，这是我国各族人民光辉的节日，神州大地万里河山都洋溢着欢庆的喜悦和激昂的豪情。

历史在节日里沉思，节日以它丰富的内涵沉思历史。

中国共产党的诞生和发展，是20世纪中国历史上最伟大的事件，对于世界格局的嬗变，也产生了深刻的影响。古老的中华民族，既孕育了灿烂的文化，又积淀了太沉重的苦难。孙中山领导的辛亥革命，推翻了几千年的君主专制制度，开创了完全意义上的近代民族民主革命，虽然未能改变中国的社会性质和人民的悲惨命运，却打开了历史进步的闸门，为中国20世纪风起云涌波澜壮阔的历史进程谱写了序曲。中国共产党高举马克思主义的伟大旗帜，像醒世的惊雷，像催花的春雨，唤起民众，经过北伐战争、土地革命战争、抗日战争和解放战争，推翻了帝国主义、封建主义、官僚资本主义的统治，建立了新中国。"中国人民从此站起来了"——这横空出世响彻寰宇的声音，标志着一个时代的终结和一个时代的开始。我们在党的领导下开始了社会主义革命和社会主义

1

建设的峥嵘岁月和艰辛历程，举世瞩目的巨大成就和惨痛深刻的历史教训，都是不可泯灭的。党的十一届三中全会的召开，标志着历史新时期的开端，为中国实现现代化树立了光辉的里程碑。拨乱反正，全面改革，从以阶级斗争为纲到以经济建设为中心；从封闭半封闭到改革开放；从计划经济到社会主义市场经济，这是深刻的历史性转变，也是伟大的历史性飞跃。实践是检验真理的唯一标准，发展是硬道理，科学技术是第一生产力……一系列醒世名言真正揭示了事物的本质和世界运行的规律，让当代中国人重新认识朴素的真理。哲学的光芒穿越时间的屏障普照大地，便生长鲜美的果实，正如马克思所说："哲学把无产阶级当作自己的物质武器，同样地，无产阶级也把哲学当作自己的精神武器；思想的闪电一旦真正射入这块没有触动过的人民园地，德国人就会解放成为人。"（《黑格尔法哲学批判导言》，载《马克思恩格斯全集》第1卷第467页）我们比德国人幸运，世纪伟人邓小平以他的光辉理论，让中国人焕发了巨大的潜能，感受到生逢盛世国富民强的自豪。

列宁十分欣赏车尔尼雪夫斯基的一句名言："历史活动不是涅瓦大街的人行道。"（《给美国工人的信》，载《列宁全集》第28卷第49页）中国共产党从诞生到现在的80年，浓缩了20世纪的中国历史，像勇敢而智慧的舵手，驾驶着中华民族命运的航船，几经风狂雨骤，几经生死存亡，乘风破浪驶向胜利的彼岸，其中有多少悲壮的故事，有多少英雄的凯歌，有多么丰富的历史内蕴，有多么强烈的人文精神，从而构成了宏大的诗歌主题，召唤一切富有历史责任感和艺术使命感的诗人，为之谱写气壮山河的诗篇。

将军诗人张庞和部队青年诗人卜宝玉创作的11000余行长篇抒情诗《东方神话》，是一部建构宏伟、内涵丰富、情感深挚、气势磅礴的力作，是描绘20世纪中国历史的巨幅画卷，在讴歌中国共产党为主题的作品中，是一部前所未见的鸿篇巨制。诗人站在今天时代的峰峦，俯瞰历史的江河，从记忆深处捧出闪光的宝石，他们沿着时间的脉络，以吟哦曙光、铭记武装、怀念长征、仰慕延安、回首抗战、重说解放、十月风景、创业往事、苦涩岁月、走近真理、解读土地、击水中流、握手世界、绿色旋律和远方的梦为诗化命题，谱写了这部激越悲壮的英雄交响诗。

任何文学作品都忌讳平庸，忌讳说教和阐释，忌讳在一般认知层面上的重复，何况诗歌是文学中的文学，它需要有飞腾的想象、大胆的夸饰、精湛的语言、优美的情思以及新鲜的审美发现和价值判断。近几年长篇政治抒情诗偶有力作和佳作，但更多的诗则是虽有宏大框架，却因缺乏新的审美发现和艺术表现，或因缺乏诗性品格，而显得刻板和平庸。《东方神话》开篇就把我们带入了诗的情境："或许是太寒冷了／他们才选择了在流火的七月／举起火把和旗帜／用汹涌的火焰／在饥寒交迫的岁月心头／燃起一道传播温暖的亮光／或许是太黑暗了／他们才选择了用鲜亮的红船／载起使命和希望／用壮丽的远航／在云重雾浓的时代之中／追寻改变民族命运的太阳"。那只南湖的红船，在几代人梦中回荡，并不遥远也不陌生，而张庞和卜宝玉的超拔之处，在于他们能感觉到："小小的红船小小的南湖／在宽广无垠的风光中并不显眼／而在我虔诚的思维和心灵之中／却时刻不停地回荡着／一个世纪中最嘹亮的喧响"。这种从实到虚的升华，就凸现了诗的思想深度。由于诗人对历史本质有准确的把握而能在作品中警句迭出，因其警句迭出而如诗眼照亮了全篇，提升了诗的认知意义。"有了人心的时候／黑夜也显得光明／没有人心的时候／太阳也变得冰冷／历史以不可抗拒的潮流／朝着众望所归的方向奔涌"，这既是对历史经验的提炼，又是对普遍真理的阐发，对于任何政党和政权，都具有警示意义。诗的抒情主人公以无限怀恋的情愫，回望峥嵘岁月，让无数感人的画面在眼前流动和叠印，时时能从具体中凝聚抽象："对于失血太多的革命／延安是补充营养的医院／对于白色恐怖的统治／延安是制造炸弹的车间／每一架纺车都摇过希望的歌／都织出过历史的五彩锦缎／每一盏油灯都燃过信念的火／都照亮过抗争的眉眼战斗的容颜／每一道黄土塬上／都有一段难忘的故事／每一孔土窑洞里／都写满了民族的前途和明天"。诗人徜徉在党史的画廊，走进每一幅感人的图画和英雄的故事，又从这些图画和故事中走出，去思悟、去表现一种神奇力量的源泉和这种力量的价值：

　　　　在革命需要的时候
　　　　随时都会将血肉之躯
　　　　站成墓碑
　　　　用年轻的死亡和永恒的生存
　　　　把跪着的日子和河山
　　　　一段一段扶起来

　　我们不能不承认，有什么样的历史就会有什么样的人，人是一切社会关系的总和；同样，有什么样的人就会有什么样的历史，历史终究是人创造的。无数睿智的先哲都没能像马克思那样，以犀利的目光揭示了人与历史本质的内在关系，"说人是肉体的、有自然力的、有生命的、现实的、感性的、对象性的存在物，这就等于说，人有现实的、感性的对象作为自己的本质即自己的生命表现的对象；或者说，人只有凭借现实的、感性的对象才能表现自己的生命"，同时他又认为人"是一个有激情的存在物。激情、热情是人强烈追求自己的对象的本质力量"。（《1844年经济学哲学手稿》，载《马克思恩格斯全集》第42卷第168、169页）就是凭借这种本质力量，人既可以创造幸福，又可以制造灾难；既可以为之献身，又可以为之苟活。《东方神话》以深刻的笔致表现了前者，怎样赋予一段历史以神话般的魅力。

　　在《东方神话》这部长诗中，诗人以舒放的笔墨和深挚的情思，向我们重新讲述春天的故事，既表现了历史性飞跃是何等艰难，又表现了时代新貌是怎样灿烂。遥想当年，"河流还没有解冻／远方还不见归雁"，"神仙"虽已仙逝，而"崇拜原来的／原来崇拜的／继位者仍在塑造着神坛／一把钦定尺子／一把方寸小剪／量定人间长短／剪裁九州方圆／升腾的春光图有些冷凝／似被盐卤点化过一般"。我们庆幸历史造就了一位思想和理论的巨人，这位祖国和人民忠诚的儿子关于真理和道路的思索，同寻常百姓们不谋而合，突破了固有的思维模式和游戏规则，制定了符合社会发展和国家利益的方针政策，从而把人"解放成为人"，并充分调动了人的积极性，极大地解放了生产力。诗人饱蘸浓墨重彩和激越的豪情，描绘了在改革开放的骀荡春风中，从农村到城市，从波澜壮阔的外交风云至现代化的国防建设，处处搭起了胜利的凯旋门。当我们迎来"十月风景／东方诗典"，当我们面对"大路朝阳／风光无限"，诗人以绵长的思绪拨动了诗的琴弦，表现了全国人民共同的心理形态和价值确认：

　　　　如今　这位老人连同

　　　　他的思想　已经化成了

　　　　春天的和风　春天的细雨

　　　　春天的彩虹　春天的花丛

　　　　化成了和大地一样光耀千古的

　　　　一种自豪　一种精神　一种象征

　　这样，诗人就以诗化渲染、确认了时代特质和历史走向的深刻意义。

　　诗人继承了我国诗歌传统的忧患意识和批判精神，既正视历史的灾难和现实的缺憾，又能从文化视角透视灵魂。南京大屠杀惨绝人寰的罪行，把制造罪行的人永远钉在历史的耻辱柱上，我们已经有过无数次义正词严的指控。诗人的禀赋和职责，却不是援用社论方式和外交语言去重复这种指控，而是以文化观照历史现实："焚烧束手待毙的惊恐／弹拨麻木迟钝的神经"，"三十万胸脯连在一起／本可成为一道坚固的长城／三十万手臂举起刀枪／本可组成一支浩荡的铁军／三十万目光汇聚起来／本可燃起生存的希冀／三十万喉咙齐声怒吼／本可淹没野兽的嘶鸣／然而这一切都没有发生／都没有在古老的南京酝酿萌动／只有三十万道红色的刀痕／给历史留下深刻的伤痕／只有三十万个黑色的弹孔／给民族留下长久的隐痛／只有三十万具横死的尸骨／给大地留下惨白的屈辱／只有三十万双折断的手臂／给山河留下流血的教训"。读着这些淌血的诗句，会让我们想起鲁迅关于文化批判的箴言，同时意识到诗人艺术的自觉源于民族自省意识和自信力的增强。在反思历史与现实的时候，诗人没有躲避当今官场的腐败现象，以对毛岸英的怀念，"警示那些大大小小的干部子弟／如何看待父辈的地位和职权"，从而描述了一种假设的真实："如果当初那些罪恶的燃烧弹／没有把他的青春残忍地截断／如果他也赶上改革的年代／也拥有令人羡慕的一串头衔／那么 按照他的家风和观念／他绝不会不择手段地暴富起来／绝不会用父辈的威望和影响／慷国家之慨 敛不义财钱"，"一定不会在外国银行存下巨款／一定不会有来源不明的财产"。其实，这对于共产党员和普通公民，都是最起码的守法要求和道德准绳，谈不上什么崇高精神和典范意义，语言也很直白，却表明了诗人对党的热爱与忠诚，对祖国前途命运的忧虑，从心底发出针砭时弊的呼声，是为党为民立言。诗人在讴歌党的光辉历程和丰功伟绩的时候，没有躲避十年的"苦涩岁月"，说苦涩是对深重历史灾难的淡化，他们剪接了那个时代的几组画面，描绘了被扭曲的灵魂，真实而入木三分，却未能深层次地揭示戕害民主和法制、破坏社会秩序、造成民族大灾难和历史大倒退的根本原因，没有以文化批判和哲学批判的眼光进入反思历史的范畴，也许这是苛责，但从完美的意义来要求，在全诗浑厚深刻的笔意中，则有失轻浅。

《东方神话》的语言是充满诗意的，以营造意象的方式抒发感情，就像流淌的江河，时而舒缓，时而湍急，时而微波荡漾，时而惊涛拍岸，时而是抽象的具体，时而是具体的抽象，时而是器宇轩昂的对偶，时而是排山倒海的排比，可谓张弛得当，疏密和谐。作为长诗，涉及那么多历史事件，那么多理论辨识，不能要求精巧和灵俏，倘能如《东方神话》这样，在诗情浩荡的语言流势中，包蕴深厚的历史感和强烈的时代精神，已是难能可贵的了。

张庞和卜宝玉既是诗人又是现役军人，既是共产党员又是普通公民。《东方神话》比任何其他作品，都更鲜明地表现出作者的四种身份的统一，这是情感的驱使与政治责任感相统一的结果。他们在十个月的繁忙工作之余，经过了无数不眠之夜，通宵达旦地阅读和写作，为了确保资料的翔实和准确，为了同中央的精神一致，他们阅读了400册书籍，努力做到在严格的规范中求得诗思的飞翔，争取达到自由与限制的统一。他们力求全面，力求公允，其实从创作心理学和艺术规律的角度来说，诗人不可能对每一个历史事件都有深切感受和诗意感觉，完全可以任其取舍，因为你是写诗而不是写党史。"科学的严谨的概念"所要求的"公允"、"平稳"和"冷静"都被鲁迅先生视为"诗歌之敌"，它们不能与"领会天国之极乐和地狱之大苦恼的精神相通"（《集外集拾遗·诗歌之敌》，载《鲁迅全集》第7卷第622页）尽管《东方神话》有面面俱到和四平八稳的缺憾，但不同凡响的是诗人在各种自我限制之中尽力让想象飞腾。《东方神话》的最后一章——《远方的梦》为我们开拓了广阔的诗意空间——金色的梦，蓝色的梦，绿色的梦，多彩的梦，都是从当代中国人的心中升起的，在急剧的时代变革和文化流变中，人们的思维方式、心理结构、价值取向、生活习俗和审美情趣，都发生了急剧的和潜移默化的递嬗，这时候他们才会有远方的梦。还是那位飘洒着美丽长髯的西方圣哲说得好："我们要把宗教夺去的内容——人的内容，不是什么神的内容——归还给人，所谓归还就是唤起他的自觉。我们消除一切自命为超自然和超人的事物，从而消除虚伪，因为人和大自然的事物妄想成为超人和超自然的野心就是一切虚伪和谎话的根源。正因为如此，我们才永远向宗教和宗教观念宣战。"（《英国状况》，载《马克思恩格斯全集》第1卷第649页）也许只有今天，我们才能理解这段话的深刻内涵和为实现这个目标提供的可能性："为了这从地到天的美丽幻想／为了这由猿到人之后的又一腾跃／地球人类 漫漫长路 历尽沧桑／伟大的先行者们 用生命之火／焚烧愚昧荒谬 照耀科学殿堂／现代文明人 借助天文望远镜／使视野移开椭圆形的地球故乡"。只有这时我们才可能让——

> 远方的梦 奔向远方
> 远方的蓝天明丽宽广
> 远方的田野肥沃芬芳
> 远方的杨柳婀娜多姿
> 远方的花草沐雨飘香
> 远方的祝福充满吉祥
> 远方的呼唤透着刚强
> 远方的跋涉不同寻常
> 远方的追求一如既往

　　《东方神话》是以讴歌中国共产党为恢宏主题的扛鼎之作，为我国长篇政治抒情诗创作提供了新经验和艺术探索的新天地。时代呼唤英雄乐章，呼唤思想厚重、艺术精湛、感人肺腑、启人心智的诗篇。我们正沐浴着新世纪的阳光，有天宽地广，有水碧山青，有继往开来的领路人，我们便能同远方的梦一起飞向远方。

2001 年 1 月 14—15 日，北京

目录

红色岁月

红色历程　红色史诗　红色经典

第一章　吟哦曙光

小小的红船小小的南湖
回荡着
一个世纪最嘹亮的喧响
———题记

1

红色诗典的第一缕曙光
是在南湖的红船上点亮
东方神话的第一声春雷
是在南湖的水面上炸响

当那十三个被称为先驱的水手
代表七个地方的五十三名党员 [1]
在那个雨急浪险的盛夏
第一次用一种全新的方式
擦拭旧中国结霜的门窗
南湖烟雾迷蒙的风景中
便升腾起一曲璀璨瑰丽的旋律
升腾起他们在漫漫求索中
用青春　用理想
用胆略　用智慧
用无畏的战斗和开拓
用鲜明的旗帜和宣言

用坚定的纲领和信仰

写下的惊天动地的篇章

或许是太寒冷了

他们才选择了在流火的七月

举起火把和旗帜

用汹涌的火焰

在饥寒交迫的岁月心头

燃起一道传播温暖的亮光

或许是太黑暗了

他们才选择了用鲜亮的红船

载起使命和希望

用壮丽的远航

在云重雾浓的时代之中

追寻改变民族命运的太阳

当十三名水手携着燃烧的圣火

悄悄撤出上海望志路一百〇六号的会场

南湖碧波中的这一叶轻舟啊

便负载起了沉睡的土地上新生的种子

负载起了古老的山河改换容颜的力量

那一天烟雨楼前的烟雨正浓

水手们却无暇观赏烟雨风光

他们时而漫步楼台　时而走过长廊

迷人的景致中　讨论着航行的方向

他们时而轻声交谈　时而举目远望

僻静的水域里　酝酿着革命的巨浪

他们自信地扬起风帆

他们沉着地鸣笛启航

挥舞着锤头和镰刀的旗帜

在如晦的风雨中开始劈波斩浪

哦　东方神话里开篇的一章

被十三双白皙或古铜色的手臂

用溅起水花的湿漉漉的桨橹

划动得舒展而又绚丽

划动得大气而又辉煌

划动得神奇而又深刻

划动得伟大而又浩荡

那澎湃着魔力的壮阔的波浪

激活了东方水域中

沉默的灵魂和思想

那辐射着信念的丰稔的焰火

灼醒了东方水手们

昏睡的神经和目光

后来　许多的船只和水手

撑起理想的桅杆

汇入了红船的远航

许多的河流和湖面

掀起欢腾的巨浪

加入了红船的歌唱

起来　不愿做奴隶的人们

让我们用战斗和牺牲

把我们苦难的命运

泊过血与火的岁月

起来　不愿做奴隶的人们

让我们用汗水和热血

把我们理想的锋芒

淬炼得柔韧而又刚强

3

哦　我的祖父困惑的目光

在红船的光芒中豁然开朗

他和年轻的工友农友们

从先人们血汗涔涔的噩梦上

奋然崛起　开始呐喊和吟唱

他们用淌血的青春和喷火的生命

在曙光中描绘旗帜的形象

那不屈的风骨竖起的旗杆

挺起了被压迫者弯曲的脊梁

那旗帜在船头上舞动的情景

那渐渐蔓延的浓重的红色

那改天换地的无畏的大纲

舒展着华夏民族的面容

舒展着山川河流的愁肠

那随着红船的航行

逐渐展开了的　自由的

天空和土地　自主的

命运和前途　始终回荡着

南湖碧波的声响　始终回荡着

红船号角的鸣唱

啊　在风雨之中　在征途之上

南湖之水哟　非凡而又寻常

浸染过烈士的鲜血

也回荡过英雄的呐喊

生长过理想的翅膀

也装饰过生命的辉煌

碧波中荡漾着真理的涟漪

风雨里闪烁着思想的波光

宛如神圣而又神奇的精灵

蓄含起天地日月的精华

伴着黄皮肤黑眼睛的红船

泊向祖祖辈辈梦幻的远方

一路上沐着太阳的光泽

朝一个个斑斓的目标流淌

点点滴滴　融化着

忠诚和爱恋

滴滴点点啊　结晶出

崇高的主义和信仰

一年又一年的风雨航程

圣洁的湖水始终不停地

洗刷着落后和愚昧

滋养着灵魂和思想

磨砺着锤头和镰刀

浇灌着意志和胆量

尽管受过挫折　有过教训

尽管走过弯路　遇过风浪

南湖红船却始终高擎着旗帜

驶过南昌　驶过井冈

驶过河流草地　驶过重峦叠嶂

驶过延安　驶过太行

驶过抗日烽火　驶过解放战场

当凄风苦雨化为十月的和风丽日

当硝烟弥漫变成大地的鸟语花香

当屈膝的民众昂起头颅

当贫穷的国家走向富强

南湖之水啊

依旧温暖如初　依旧甘美丰腴

依旧向着美好的远方奔涌

依旧提供着我们生活的营养

依旧令我和我的父老乡亲

热泪盈眶　虔诚向往

南湖红船啊

也依旧如同往常一样

引导着我们和我们的孩子

接过前辈的精神和传统

承袭他们的作风和思想

继续他们的征程和远航

引导着我们的帆群和船队

驶过包围和封锁

驶过落后和贫穷

驶过喧嚣的工厂

驶过解冻的土壤

驶过改革的春风春雨

驶过收获的秋色秋光

驶出国门　驶向开放

驶入新世纪的门槛

驶向新一轮的辉煌

如今　当我漫步在嘉兴湖畔

漫步在风光旖旎的湖心岛上

红船上第一代水手和船长

已成了令人景仰的伟岸的铜像

而他们燃起的第一缕曙光

却清晰地照耀着现代史的每场风霜

照耀着民族的面容和岁月的沧桑

那些茶具方凳和陈旧的炉灶

在如画的湖光中极为普通

而它们却细致而又全面地记载了

革命在每个季节的长势和声响

小小的红船小小的南湖

在宽广无垠的风光中并不显眼

而在我虔诚的思维和心灵之中

却时刻不停地回荡着

一个世纪中最嘹亮的喧响

哦 玲珑的红船在微风中楚楚传情

宁静的湖水在阳光下晶莹清亮

我随手掬起一捧柔暖的湖水

都有绮丽耀目的曙光

一缕一缕照射我的心房

都有闪电一般的激情

一次一次澎湃我的血液

都有崇高真切的追求

一遍一遍武装我的思想

到这时候我才明白

南湖之水哟融汇着理想

融汇着我们一代代继往开来的水手

取之不竭的精神食粮

呀 南湖红船啊小小的木桨

划起的第一缕曙光

在桨声越去越远的年代

越来越深刻越透彻地

感动着全中国的心灵

吸引着全世界的目光

2

其实在曙光亮起之前

已有巨大的地火不断涌动

自大炮和战船敲开国门

黑暗的沉寂中

便不时地飞过此起彼伏的呐喊

不时地燃起光亮温暖的火种

自山河和民众遭受蹂躏

苦难的风雨中

便不时地飘扬奋起抗争的旗帜

不时地迸发追寻自由的呼声

那些黑色的鸦片和弹片

沿着逻辑蛮横的路线

沿着被血腥污染的礁石和海岸

源源不断地

嵌进了我们的港口和市场

嵌进了我们的脉管和灵魂

白色的刺刀和兽牙

野蛮而又疯狂地　啃食着

古老的土地　河流　山脉

啃食着泱泱古国的

五千年自尊和文明

肮脏的铁蹄和皮鞭

践踏着青绿的庄稼和草丛

抽打着流血的伤口和神经

曾经策马雄踞的王朝啊

已病入膏肓　腐败透顶

面对撕扯主权的铁锚

面对横切历史的刀锋

它已经不懂得

也不敢用金属的方式

做出回应　发出吼声

甚至连入侵者的一根牙签
都能轻而易举地
刺入它的血管和心脏
甚至连入侵者的几声威吓
都能使整个朝廷乱了方寸

在愚昧的夜幕中
林则徐睁开了眼睛
虎门那照彻云天的销烟的怒火
燃起了中国近代反侵略的火炬
燃起了民众同仇敌忾的斗志和信心
由此掀开的每一页历史
都矗立着血性的词汇
都跃动着火焰的声韵

哦　关天培　邓廷桢 [2]
洪秀全　陈玉成
刘丽川　宋景诗
丁汝昌　邓世昌
康有为　梁启超
张德成　景廷宾
在留下了悲壮的炮台上
在汹涌着血腥的波涛里
在风云涌动的起义中
在寻求振兴的变革中
在苦难和仇恨的种子里
在遍体鳞伤的史书里
我读到了一个又一个成为碑石的名字
读到了他们是怎样
在耻辱中寻找古老的自尊

是怎样在夜空中寻觅明亮的星辰

是怎样在巨大的伤痛和疾病中

寻找治病的药方和强盛的谜底

无数的人倒下去　抱恨终生

无数的人昂起头　继续求索

压迫和欺凌加一寸

反抗和斗争长一尺

血腥的镇压尚未结束

新的抗争已经掀起

一次次丢掉旗帜

又一次次举起旗帜

涌动的地火翻滚跳荡着

寻找喷发和燃烧的机会

哦　不能忘记

也无法忘记

一百年前的祖国

是在八国联军的铁蹄下

是在圆明园的大火中

艰难地步入二十世纪

是在严重失血的状态下

是在弱不禁风的病态中

迎来了又一个百年

是在梦和渴望中

继续着又一段悲壮的历程

是在虎豹豺狼甚至硕鼠的撕咬中

开始寻找新的道路

侵略者能征服腐败的朝廷

却无法征服不甘屈辱的人民

卖国者能扑灭书生的变革

却无法扑灭起义的火炬
在那些旧的新的大的小的伤口上
革命的细胞开始大面积滋生
在那些直的弯的高的低的河岸上
起义的浪涛开始此起彼伏
雨水和血水冲刷着腐朽和愚昧
树枝和树叶长成了长矛和大刀
许多沉睡的眼睛
在暗夜中开始睁大
许多麻木的心灵
在死亡中开始苏醒

哦"我自横刀向天笑
去留肝胆两昆仑"
那些有心杀敌无力回天的猛士
纷纷用喷血的头颅冲决罗网
那些手持刀剑上下求索的勇士
纷纷用武装的战斗冲破牢笼
召唤昏睡之中的民众
革命只有从流血开始
才能走向胜利和成功
中国只有用流血的壮举
才能医治流血的伤痕

当武昌起义的枪声
把中国历史上最后一个王朝
和两千多年的封建专制制度
送进了历史的博物馆
当伟大的革命先行者孙中山先生
推翻了帝制

建立了共和

成功依旧只是昙花一现

失败终究没能避免

关起了皇宫大门

却没有扳倒压迫的大山

剪掉了长长的发辫

却没有剪断苦难的锁链

高悬在人们头顶的

依旧是强盗的刺刀和皮鞭

回荡在人们耳畔的

依旧是野兽的嘶鸣和号叫

流淌在混浊风中的

依旧是浓浓的血腥和眼泪

悬挂在沉寂夜空的

依旧是冰冷的雾霜和云团

幸福的生活和祥和的秩序

还是那样的遥远

海浪石头和伤口的缝隙

奔突的依旧是仇恨和苦难

哦　为什么一次次奋起抗争

却又一次次重复着悲惨的命运

为什么一次次触摸到了成功

却一次次陷入失败的泥潭之中

这些如今看来非常明了的问题

当初竟是那样的迷雾重重

后来　当红船上伟大的先驱者们

在伟大的纲领下开始了伟大的行动

他们始终没有忘记

那些在黑暗中

用思想和学说做拐杖
用骨骼和头颅做路标的人们
正是他们在失败中不断地奋起
才使后来者看到了成功的身影
正是他们在挫折中苦苦地追寻
才使后来者看到了光明的前景

幼年的时候　我的祖父
常常深情地回忆起早年的事情
那个把祖父和年轻的工友农友
带进革命大门的领路人
就是从武昌起义的枪声中
加入到了工农的行列之中
他们原本也以为
推翻了帝制就可以天下太平
却不料苦苦追寻的共和
仍是一个遥远的梦境
当他们集合在
红色的旗帜下
当他们在红船上
开始了新的航程
他们都异口同声地说道
他们的举动
是辛亥革命的发展和创新
正是那凋零在风雨中的花朵
使他们认识到了
在寻求自由的旅途中
需要前赴后继　浴血奋战
更需要领导人民的
政党和纲领

3

当矮个子的列宁
以无与伦比的高度
挥动起无产者的手臂
当十月革命的炮声
把写在书本上的社会主义
变成鲜活而又具体的现实
当悲壮的《国际歌》
把工农解放的理论和旗帜
传入到神州大地
当俄国劳工主义胜利的消息
让寻求民族解放的中国
看到希冀　受到启示
我听到了李大钊的预言
"试看将来的环球
必是赤旗的世界"
苦难的中国人民
应当走十月革命的道路

当巴黎和会的谈判桌上
传来丧权辱国的消息
当腐败软弱的北洋政府
要在卖国的和约上签字时
那些血气方刚的学生愤怒了
他们齐集在天安门广场
用鲜红的血书
要求"还我青岛"
用沸腾的怒潮
高呼"取消二十一条"

用激越悲壮的宣言

告诉帝国主义

也告诉他们的走狗和信徒

"中国的人民

可以杀戮

不可以低头"

"中国的土地

可以征服

不可以断送"

哦　在那场火山般爆发的爱国运动中

中国的工人阶级

第一次以独立的姿态

登上了历史的舞台

第一次以严明的纪律

展示了革命的精神

第一次以伟大的力量

震慑了敌人

鼓舞了人民

难怪那些优秀的学生领袖

纷纷从这场运动出发

往民间去

往工人群众中去

用握笔的双手

握起了锤头

和工人群众一起

办起学校　组织工会

在工厂田地里播种革命的火种

那个后来和我的祖父一起

在红色旗帜下举起手臂的知识分子

曾走过一段弯弯曲曲的道路

他和众多的先驱者一样
都曾为推翻帝制欢欣鼓舞
都曾为建立共和奔走疾呼
都曾为三民主义前赴后继
都曾为痛失胜利扼腕顿足
他们都是在失败的教训中
开始了新的反思和认知
都是在战斗的浪潮中
认识了人民的价值和伟力
都是在审慎的比较中
选择了马克思的理论和学说
都是在求索的旅途中
举起了无产者的信仰和旗帜
都是在研读俄国的方式时
看到了亮丽的曙光和希冀
都是在乘上红色的航船时
握住了胜利的秘诀和契机

在伟大的先行者们
星辰般璀璨的光芒照耀下
大面积沉睡的土地
苏醒了
长时间封冻的冰层
解冻了
那么多蓬勃的树丛和庄稼
举起了绿叶
找到了太阳的方向
那么多年轻的头颅和目光
举起了信念
点燃了红色的星火

哦　那漫漫长夜中

暖暖的亮丽的星火

在北方闪烁

在南方闪烁

在东京闪烁

在巴黎闪烁

相互照耀

相互辉映

共同组成点亮曙光的

火种

共同筹集燃起希望的

干草和柴火

如今　当我从南湖红船的船头

沿着红色岁月的长河溯流而上

当我在翻滚奔涌的阳光下

解读最初的曙光是怎样被点亮

怎样以她四射的光芒

照耀了所有的门窗和思想

我发现啊　那洗刷黑暗的光明的火种

最初是李大钊和陈独秀

在一架颠簸的骡马车上开始酝酿

那时候正是寒冷的二月

是土地即将解冻的时节

在北京通向天津的公路上

头戴毡帽

身着油迹厨师衣的陈独秀

坐在骡车里面

携带账本

扮成生意人的李大钊

坐在骡车辕上

他们绕开军阀的警察

在寒冷的风中亲切地讨论着

点亮曙光的时机和方式

讨论着燃起火炬的计划和安排

讨论着举起旗帜的地点和场所

讨论着摆脱贫穷奔向光明的

道路和方向

哦 被"五四"青年尊为

"南陈北李"的两位先驱

就这样在颠簸的骡马车上

酝酿了东方古国

不再遭受颠簸的前途和命运

酝酿了中华民族

走向新生的方案和蓝本

酝酿了世纪画图的框架和线条

酝酿了改变世界的光芒和声响

哦"铁肩担道义

妙手著文章"

许多年后

在荡漾的歌声中

在流香的花丛中

我依旧能够真切地感受到

这不朽的生命写就的诗

并没有在时间的锈蚀中失去光泽

它厚实的含义和重量

让无数的后来者在吟咏和临摹时

裂变出红色的理想和信仰

并且在平凡的岁月和阳光之中

学会做不平凡的战士
学会写不平凡的诗和文章

4

当几经挫折的孙中山先生
在南湖的宣言中听到了力量
当他苦苦求索的目光
看到了曙光闪烁的希望
他便向红船发出了合作的要求
便同红船的水手们一道
开始酝酿大革命的洪峰和巨浪

"为什么需要共产党
加入国民党"
面对夫人宋庆龄的提问
孙中山回答说："国民党正在
坠落中死亡"
"要救活它
就需要新的血液"
为此　他确立了
联俄　联共　扶助农工的方针
正是这三大政策
使第一次国共合作成了真实的景象
正是这三大政策
在军阀混战的年代
树起了革命的旗帜
在民不聊生的中国
洒下了明媚的阳光

红色岁月　红色历程　红色史诗　红色经典

我那年轻的祖父

和与他一起在旗帜下

举起手臂的人们一起

以个人的名义　加入了国民党

在广州附近的那个黄埔岛上

在那所后来闻名中外的黄埔军校

他们与合作的伙伴一起

用沸腾的热血

用年轻的力量

用无畏的革命精神

用赤诚的爱国思想

用超越极限的苦练和战斗

用张扬胆气的追求和理想

共同冶炼着黄埔军魂

冶炼着撬翻压迫的武装杠杆

在那朝夕相处的生活中

在那同师同室的课堂上

在那携手对敌的战斗中

在那并肩浴血的战场上

那些与祖父他们同窗学习的合作者

从他们英勇无畏的举动中

读到了他们的崇高信仰

从他们大义凛然的神情中

读到了他们的英雄形象

他们并不是为了升官加爵

才奔向了慷慨赴死的战场

并不是为了聚敛钱财

才弹奏起了枪炮的交响

是为了苦难的民族

泊过灾难的海洋

是为了不幸的民众

挺起弯曲的脊梁

他们的意志和力量

深深感动了合作者的心房

他们的行为和思想

焕发了合作者的精神和力量

难怪大军的北伐

会进行得那样迅疾猛烈

难怪北伐的途中

铁军的名字那样威武响亮

难怪许多年后

当历史的游戏捧出了新的谜底

当昔日的同学展开宏大的较量

胜败的结局是那样势不可挡

难怪那个沦为战犯的将领

反思时对祖父说出了这样的感想

并不是他的黄埔学业低人一等

而是他选错了人生的道路和方向

并不是他没有看到过曙光

而是他没有毅然加入曙光的歌唱

革命　从来就不是一帆风顺

胜利　注定要付出流血牺牲

当涌动的乌云遮住了亮丽的曙光

当凄苦的风雨把红船推入泥泞

当飞舞的屠刀割断了河流的神经

当喷溅的热血染红了大地和天空

我听到了鲁迅掷地有声的呐喊

"革命被头挂退的事是很少有的"

哦　正是在风急雨凄的暗夜

那些赤诚的勇士们踏上了征程

许多年后　当他们

以元勋和先驱的名义

擎起共和国的黎明

当他们用充满自信的风采

抖开红色航船的又一段征程

那盛开的花朵和飞翔的白鸽

那七月的画图和十月的风景

都用一种喜悦的献礼和心情

解说着他们曾经的选择

解说着风雨中的红色航程

解说着曙光之歌的

每一个跃动的音符和声韵

哦　曙光　曙光

血与火是它不竭的矿源和热能

哦　曙光　曙光

钢与铁是它无穷的意志和力量

[1]1921 年 7 月 23 日，中国共产党第一次全国代表大会在上海法租界望志路 106 号（今兴业路 76 号）举行。由于会场受到暗探注意和外国巡捕搜查，最后一天的会议改在浙江嘉兴南湖的游船上举行。参加党的一大的有来自七个地方的 53 名党员的 13 名代表，他们是：李达、李汉俊（上海），张国焘、刘仁静（北京），毛泽东、何叔衡（长沙），董必武、陈潭秋（武汉），王尽美、邓恩铭（济南），陈公博（广州），周佛海（旅日）。包惠僧受当时在广州的陈独秀派遣，也参加了会议。列席会议的有共产国际代表马林和尼克尔斯基。（见《中国共产党的七十年》第 28 页，中共党史出版社，1991 年 8 月版，1999 年 6 月印刷）

[2] 关天培、邓廷桢、洪秀全、陈玉成、刘丽川、宋景诗、丁汝昌、邓世昌、康有为、梁启超、张德成、景廷宾等均为近代杰出的爱国人物。（见《近代爱国人物剪影》解放军出版社 1983 年 4 月版）

第二章　铭记武装

政权和命运
自由和民主
真理和正义
统统出自枪杆子
——题记

5

枪声在夜空中骤然响起
撕破了黑色的天幕
子弹在乌云中穿梭而过
点燃了战斗的火炬
南昌的名字　就这样
在悦耳的枪声和子弹的弧线中
美丽地划过亮丽了夜空
亮丽了一段历史的记忆

正因为志同道合
他们才不谋而合
正因为没有退路
他们才走出了新路
面对恐吓和瓦解
面对背叛和杀戮
不屈不挠的勇士们

红色岁月

红色历程

红色史诗

红色经典

在同伴倒下的地方

顽强地站了起来

揩干了身上的血迹

挽起了受伤的手臂

重重夜雾之中

为了民众也为了政党的生存

他们秘密筹划了冒险的壮举

为了理想也为了未竟的事业

他们坚定地举起了武装的旗帜

两万多起义的枪支

宣告了人民军队的诞生

四个多小时的战斗

开辟了党史中一个新的时期

革命的烈焰

在即将被扑灭的时候

又重新迅速燃起

熊熊的火光

焚烧着腐朽的制度

战斗的浪花

在即将干涸的时候

又重新汇聚在一起

汹涌的洪流

撕开了白色恐怖的大堤

正是这城头的第一声枪响

使夜雾中求索的旗帜和政党

开始认识到了

政权和命运

自由和民主

真理和正义

统统出自铁质的枪杆子
正是黑暗中刺刀挑起的光影
使低谷中徘徊的党员和战士
开始懂得了
兵戎相见的战斗和抗争
针锋相对的较量和搏击
才能使写在纸上的
思想和主义
一个一个变为现实

南昌城头举起的枪杆
虽然在响亮的击发之后
便悄悄地撤出城市
隐入了深山
隐入了丛林
隐入了乌云薄弱的缝隙
虽然此后走过的道路
坑坑洼洼　弯弯曲曲
洒满了鲜血
飘满了腥雨
然而它点起的火焰和霞光
始终在中国大地的上空
熔化着苦难和痛楚
燃烧着信念和希冀
孕育着雷电和呐喊
播撒着朝晖和雨露
夜幕下昏昏沉睡的人们
纷纷睁开了麻木的睡眼
纷纷加入了勇敢者的队伍
纷纷在九死一生的故事里

红色岁月　红色历程　红色史诗　红色经典

把风雨中飘摇的火焰
一片一片焚烧起来
把旅途上蜿蜒的枪声
一段一段继续下去

这支队伍中的许多人
后来成了元帅和将军
成了民族的脊梁和砥柱
他们创业的过程轰轰烈烈
他们创下的业绩惊天动地
他们的故事因为他们的名字
传遍了南北东西
他们的名字因为他们的故事
充满了神奇魔力
敌人闻之丧胆　弃甲而逃
群众竖起拇指　欢欣鼓舞
他们使革命的历史绚丽多姿
历史使他们的人生变得传奇
而最初使他们家喻户晓的
还是他们在历史的拐弯处
曾经鸣响的清脆的枪声
是他们在凄迷的风雨中
最先举起的战斗的旗帜
难怪每当"八一"重读南昌
总有密集的枪声萦绕耳际
总有他们的名字
和一朵朵抒情的火焰
连在一起
总有他们的故事
和一首首恢宏的诗篇

融为一体

哦 南昌 南昌
红色的城市
春风不会忘 秋雨永铭记
从你的城墙下走出的队伍
是怎样沿着不断升华的思绪
开始壮大 迅速成长
穿越黑暗 奔向晨曦
哦 南昌 南昌
革命的圣地
青山不会忘 江河永铭记
从你的城头上打响的枪声
是怎样踩着矫健的节拍
平平仄仄 仄仄平平
铿锵地汇入壮阔的进行曲

6

秋收时节
庄稼熟了
而握着镰刀的农民
却与武装的士兵和工人一起
举行了著名的起义和暴动

秋风吹着红色的战旗
战旗下集合起苦难的弟兄
他们开仓分粮 劫富济贫
焚毁地契 焚毁剥削的古训
他们以弱对强 以小对大

以正义对邪恶进行艰苦的抗衡
果敢的行动撼动了反动统治
顽强的冲杀招来了重兵压境
在前进中战斗　在战斗中前进
胜利和失败同样震撼人心
他们离开了故土　辞别了亲人
聚集于小城修水　醴陵
手中的步枪　背负的小米
成了革命的骨骼和食品
尽管品牌并不出色
营养却格外丰盛
也许不堪重负的起义者
最初并没有意识到
他们挥动的大刀
已深深地砍痛了
腐朽制度的中枢神经
也许他们正是用这战斗的鼓角
撞响了剥削者灭亡的丧钟
也许正是他们的无畏和勇敢
使得敌人
上下震怒　朝野惊恐
调兵遣将　乌云涌动

面对气焰嚣张的强敌
刚刚诞生的起义军
是以卵击石　攻击城市
还是避实就虚　进军农村
在文家市以南狭窄的地带
那个乡村教师出身的领袖
显示出收拾残局的本领

他力排众议　宽厚而又固执地
把工农的武装　扶上战马
然后领着正义之师
迅速撤出平江　脱离浏阳
迅速转入江西　隐进罗霄山中
当这支颠沛流离的队伍
拖着疲乏的身躯
来到那个叫三湾的小村
追击和堵截的枪声
仍在身后和前方飞迸
面对动荡起伏的情绪
队伍的统帅格外沉稳
愿走者走　愿留者留
革命原本就是自觉的行动
党旗下一双双忠勇的铁拳
举起了党的儿女的赤诚
山谷里一片片震天的宣言
喊出了党的战士的骁勇
千余条钢枪千余颗炽热的心灵
枫树下改编成新的队形
新的队形包含着新的内容
新的内容与以往有了质的不同
支部建在连上
官兵一律平等
建军的宗旨和法宝
在小小的三湾长出了雏形
革命的铁流　就这样神奇地
在三湾转了个很漂亮的弯
并且在稍事休整后
率着工农弟兄

悄然跃进
高山深谷密林草丛
跃进敌人鞭长莫及的井冈山中
从此　土地和银元
再也拴不住
这群曾经饥寒交迫的人们
拴不住他们抛家舍业
殊死决战的意志和决心
从此　城堡和壁垒
再也挡不住
炸响的惊雷和翻动的烈风
挡不住红色的旗帜下
闪亮的钢枪和跃动的身影

难怪当炮火化为满山的杜鹃
枪声化为百鸟的啼鸣
依旧有重叠的枪声萦绕脑中
依旧有红红的枫叶在风中晃动
难怪　当我们打开尘封的历史
三湾已不是一个平常的小村
这个红色征程上闪亮的起点
使威武之河开始了壮阔的奔腾
难怪每当说起三湾的名字
戍边者的心中总是怦然一动
总有无言的纲领约束着行动
总有神圣的传统代代传承

7

那时候中国布满了干柴

革命的火种一经点起

便迅速燃遍了南北东西

湖南起义　广州起义

东江起义　琼崖起义

麻城起义　闽西起义

确山起义　华县起义

殊死的拼搏撼人心魄

战斗的潮汐此伏彼起

贫穷的农民

接连告别了土地

苦难的工友

相继拿起了武器

锤头与镰刀的旗帜下

集合起向命运抗争的灵魂

集合起向黑暗挑战的火炬

集合起不愿再弯曲的脊梁

集合起不甘被奴役的头颅

那一双双睁开的睡眼

闪射着渴望自由

渴望平等的光芒

那一双双挥舞的手臂

高举着追寻幸福

追寻自由的主义

尽管 起义者燃起的星星之火

相继在黑暗的围困中熄灭和消失

但火焰的光亮闪烁时照彻的道路

和它在奴隶们心中燃起的希冀

却以极其独特的魅力

开始铲除世代相袭的剥削的根基

开始改写千古传承的压迫的历史

尽管　在短暂的成功之后
革命又开始了漫长的
求索和寻觅
但无畏者的战斗和呐喊
却以极其深刻的穿透力
在冰封的时代写下了启蒙的一笔
在无路的地方拓出了新路

为了生存而战斗
为了战斗而生存
为不再失败而撤退
为取得胜利而前进
起义的队伍　不约而同地
穿过死神把守的路口
向着生长苦难和仇恨的地方挺进
向着满是险关和密林的大山靠拢
他们殊途同归　用大写意的手法
以群山为背景　以丛林为底色
描摹和勾画红色江山的雏形
在山明水秀的砻市
在龙江书院的门口
两位一生珠联璧合的伟人
第一次握起了双手
第一次吐露了真诚
第一次以血浓于水的真情
胜利会师
第一次以水乳交融的方式
打动了人心
第一次把两股同样光荣的铁流
融合成一支战无不胜的铁军

直到今天　站在世纪的门口
重新回味那段
抒情诗一样令人心动的岁月
重新赏析那伟大的会师中
每一个精彩的故事和难忘的情景
重新描摹会师前走过的蜿蜒的足迹
重新追寻会师后开始的壮烈的行程
我们仍然能够不断发现
许多饱含着深刻内涵的线索
仍能不断地领悟和感受
许多给我们无穷启迪的思想内容

啊　那激动人心欢呼雀跃的会师
绝不是一次一加一的简单结合
也不是一次普通的汇聚和相逢
人心和凝聚力
以固化的模式迅速聚为一体
士气和战斗力
以裂变的速度陡然高涨和增生
在悠扬的军乐和齐鸣的鞭炮声中
那位已学会领着队伍与敌人捉迷藏的
"红色山大王"
用通俗易懂　深入浅出的口吻
宣布了三大纪律六项注意
宣布了拥有山林的红色队伍
生活和战斗的规范准绳
"一切行动听指挥
不拿工农一点东西
一切缴获要归公
上门板　捆铺草

房子扫干净

说话要和气

买卖要公平

损坏东西要赔偿

借人东西要还清

洗澡避女人

优待俘虏兵"

这些后来完善后

被唱成队列歌曲的条文

在队伍猛虎般跃出丛林后

在频传的战斗捷报里

在夹道欢迎的锣鼓声中

在含泪送别的人群中

一次次得到了注解和验证

有了人心的时候

黑夜也显得光明

没有人心的时候

太阳也变得冰冷

历史以不可抗拒的潮流

朝着众望所归的方向奔涌

走过一次次风霜雪雨

走过一轮轮春夏秋冬

走过一段段泥泞和坎坷

走过一个个胜利和成功

一条比金刚石更坚硬的真理

高高耸立在风浓雨浓的途中

高高耸立在战士和人民的心中

如今 唱着那首悦耳动听

铿锵有力的进行曲
走回从前　走回层层叠叠的
杜鹃花丛　走回密密麻麻的
井冈竹林
依然能够清晰地看到
燃烧的火炬
在人们手中传递的画面
依然能够真切地感受到
红色的浪潮
在万水千山蔓延的情景
依然能够深刻地领悟到
最初在丛林里
在旗帜下
在湘音浓重的领袖指挥下
齐声唱响的歌曲里
源源不竭的意义和内涵
是那么富有哲理
是那么深入人心
让不断壮大的队伍中
一代又一代后来人
始终感到它丰盛的养分
取之不竭
用之不尽

8

"井冈山　好地方
红米饭　南瓜汤
秋茄子　味好香
餐餐吃得精打光

干稻草　软又黄

金丝被儿盖身上

不怕北风和大雪

暖暖和和入梦乡"

沿着这首朴素而浪漫的歌谣

我看到在井冈山茂密的丛林里

朱总司令和毛委员

自信而又稳健地

率领着红色队伍

抵御了最艰苦最寒冷的时光

他们厚重的川音和甜辣的湘音

飞越山冈　染尽层林

穿透迷雾　深入灵魂

丰满了广为传播的民谣

装饰了世代缤纷的歌声

他们是军长　政委

更像是穿布衣的农民

身上一层厚密的补丁

缝住了岁月流血的伤口

手上一柄油纸的雨伞

撑起了雨季的一方晴空

山坡上洒下

劳作的汗水

竹林间荡漾

爽朗的笑声

一条毛竹削成的扁担

挑着军粮担着马草

挑着未来　担着命运

挑着使命　担着信任

挑着希望担着光明

毛委员多像风趣幽默的老师

讲授道理 通俗易懂

朱总司令恰似伙房里厚道的老兵

采挖野菜 赤足先登

那是一种多么和谐的情景啊

长官和士兵就像是手背和手心

一块儿挨饿 一块儿受冻

一块儿打仗 一块儿行军

同吃红米 同住草棚

促膝而坐 谈笑风生

有时候甚至不需要任何说教

行动就是一种无言的号令

战斗的时候携手上阵

一起杀敌 一起冲锋

发钱的时候都要点名

第一朱德 第二毛泽东

一人都是一块

没有官兵之分

这样的军队这样的作风

谁不在心中肃然起敬

哦 万古历史的长河之中

多少豪杰聚众起兵

都是以民众的名义举起了旗帜

可谁又能真正改变百姓的命运

漫步在密密的丛林里

我问花问草问风问雨

风雨用湿润而又形象的旋律

反复地吟哦 红军红军

哦 千年岁月的时空之中

多少英雄灿若星辰

都是以耀眼的光芒辉煌了史册

可谁又曾真正照亮过人民的心

穿行于巍巍的群峰中

我问天问地问山问水

山水用雄浑而又狂放的笔触

反复地书写 红军红军

啊 井冈山的小路

弯曲而又陡峭

所有的通道都像是战斗的神经

没有开道的警车

也不论品牌档次

一匹普通的战马

驮过粮草 驮过辎重

驮过领袖 驮过士兵

那个被刚刚撤出战斗的首长

扶上马背的伤员

曾是一位被俘的士兵

他原也是善良的农夫

像许多白军士兵一样

只因无力偿还超重的债务

就被绑去当了壮丁

无休止的谩骂

无休止的体罚

无休止的恐吓 扭曲了

他和同伴的心灵

他们不愿打仗

却被捆上了战争的车轮

他们渴望回家

却不得不去卖命

他们原以为

红军是占山为王的绿林

却常常疑惑　常常纳闷

区区乌合之众

何须大军重重围困

他们原以为

红军是穷途末路的强盗

抽筋剥皮　残忍无度

共产共妻　恶贯满盈

直到梦幻般成了俘虏

他们混沌的头脑方才清醒

红军原是穷人的队伍

红军和穷人是一家人

红军的长官都像兄长

俘虏兵也受到应有的尊重

没有谩骂　没有毒打

不搜腰包　不逼当兵

愿意回家　发给路费

愿意留下　热情欢迎

革命的血液和营养

本应在战争中消耗和损伤

然而却常常奇迹般

得到源源不断的补充

纷纷要求参加红军的俘虏

都说井冈山才是穷人的靠山

跟着红军　才有出路

当了红军　全家光荣

啊　打土豪　分田地

全是为了老百姓

红军啊　就像是一座熔炉

冶炼着人的思想和灵魂

同样一个兵

同拿一条枪

在白军里是个懦夫

当了红军却勇猛无穷

红色的队伍　正是这样

在清剿和围困中

不断壮大　不断强盛

不断以暖人肺腑的光芒

温暖着所有的大路和小路

温暖着所有的低谷和高峰

温暖着远远近近的村庄

温暖着四面八方的穷人

革命的种子　正是这样

在战斗和火光中

不断孕育　不断萌生

不断以无穷无尽的活力

鼓荡起汹涌澎湃的大潮

鼓荡起猎猎翻动的长风

鼓荡起高亢激昂的斗志

鼓荡起不屈不挠的精神

哦　肥沃的土壤

充足的雨水

使得中国革命的大树

生机蓬勃　叶茂根深

9

鹅毛大雪覆盖了井冈山

严冬的根据地天气很冷

穿着单衣　披着薄毛毯的毛泽东

和睡在门板上的红军士兵

把御寒的棉衣

穿在了群众的身上

温暖了他们食不果腹的岁月

焐热了他们世代冻惯了的心

真情换真情

真情无穷深

与民一条心

终能得民心

风雪之中　那些不再受冻的

男女老幼　不约而同地

把过冬的木炭拿了出来

为自己的队伍和亲人

送来了温热的火盆

送来了炽热的爱和浓厚的情

那个时候啊　红军和群众

正是这样在冬季的井冈山

开始相依为命

开始用炽热的思想和行动

融化冰冻在中国的一座座冰峰

迎接迤逦而来的春雷春风

最初　我是在著名的寻乌调查

兴国调查　才溪乡调查中

看到了一个伟人和他统帅的军队

是如何在别具个性的调查研究中

获得了对中国命运的发言权

获得了土地和农民的信任

并且寻找和开辟出了

建立农村根据地

农村包围城市的

具有中国特色的革命路径

那是一种怎样的调查啊

没有事先通知

场所从不固定

没有前呼后拥

不需左右陪同

一边帮群众劈柴

一边问柴的价钱

一边在田间播种

一边来了解收成

没有编造的汇报

没有虚假的水分

没有投其所好的颂扬

没有察言观色的神情

一幕幕真实的情景啊

流水般涌进了思想者的眼里

一句句逆耳的忠言啊

细雨般渗进了调查者的心中

这样的数据

怎能不令人心悦诚服

这样的结论

怎能道不出人民的心声

那一个个奇妙的方略和决策

那一个个著名的调查和报告

在土地和民众的炕头上

萌动酝酿　应运而生

尽管没有成套的写作班子

尽管没有逐级的修改讨论

那用民心和民意凝成的理论啊
却以其独特的个性
和高远深刻的见地
指导了土地斗争
指导了中国革命的全部进程

一九三一年在缺水的瑞金
一口清甜的红军井
洞穿了干渴的地表
洞穿了干渴的日子和光景
甘甜的井水
在绞动的辘轳下慢慢上升
沿着心与心的河床
渗透流动
每一条细长的井绳下
都挂着子弟兵的深情
都挂着刚刚踏上征程的
红色勇士
对理想和未来的
设想和憧憬
每一滴清澈的水里
都有八角帽的影子
都有刚刚诞生的
新型的军队
对土地和人民的
承诺和声明
许多年后　当干渴的瑞金
和那口永远甘甜的红军井
一起沿着油墨的芳香
走进小学课本

走进被干渴和贫穷困扰的

幼小的眼睛和心灵

我看到那一双双

虔诚而又天真的眸子里

闪动的是比水和井更珍贵的内容

他们启蒙的思想中流动的

正是当年的挖井人

渴望能够挖出的那一种

世代相传的信仰和精神

他们在朗读和背诵

井水荡漾的情节时

荡漾的井水

已甜透了他们纯洁的心灵

哦　在中国漫长的历史上

没有一支军队

能够如此真诚地

在人民的心坎上

打出如此深邃的甜水井

没有一支军队

能够如此始终如一地

把为人民挖掘幸福之井

作为自己的宗旨和纲领

那些从红军井中

品尝到甜日子的乡亲们

把来不及撤退的伤员

藏在了自己的家中

为了掩护挖井的队伍

和挖井的人

他们用自己和孩子的生命

蒙骗了敌人

用维系生计的米面和食盐

接济了困境中的革命

那些伤愈后重返战场的红军

直到成为统帅千军万马的将军

依旧忘不了当初养伤的情景

依旧忘不了拯救自己的大娘和大婶

每逢战前动员　战后总结

他们总要谆谆告诫士兵

自从革命的队伍在中国诞生

人民就成了我们永远的房东

哦　走近群众的时候

战斗总是无往不胜

远离群众的时候

革命常常寸步难行

为民而奋斗　使命如山重

为民而牺牲　永远都神圣

前途和命运啊

就这样在民心所向的选择中

渐渐地开阔

渐渐地步入了

通往胜利和辉煌的里程

10

红军就像一颗小小的石子

在井冈山的斜坡上随手一扬

蒋介石那口大大的水缸啊

立即被砸得遍体鳞伤

那时的井冈山拥挤而又繁忙

狭小的山坡上展开着殊死的较量

"围剿"和反"围剿"在丛林中进行

冲天的火焰映红了云影天光

一次　二次　三次……

五次反"围剿"红军学会了在战斗中成长

队伍和地盘迅速扩大

精神和信仰同时坚强

硝烟中褴褛的旗帜没有倒下

她沿着山势的走向随风飘扬

搏杀中拿枪的工农没有退缩

他们在旗帜下站成一座巍峨的山冈

那些打着绑腿扛着梭镖的红军

一传十十传百竟相传唱

在祖祖辈辈相传的故事里

这一次革命他们最为风光

牛一样纯朴的先人们

曾不止一次地振臂举旗

不止一次地用排山倒海的气概

把岁月额头上痛楚的皱纹

舒展成腥风血雨中

飘扬的呐喊和升腾的云

而当呐喊过后　云雾散尽

却未曾改变奴隶的命运

而这一次壮举却不同以往

有武装　也有政党

有主义　也有信仰

最艰苦的环境锤炼着

最勇敢的队伍

最勇敢的队伍创造着

最辉煌的奇迹

许多义无反顾的人生

在竹林里留下了新的足迹

许多惊天动地的壮举

在丛林中埋下了奇妙的伏笔

大大小小的仗都打活了

把握胜利的方略

在战争的缝隙　游刃有余

主动诱敌　避强击弱

迂回运动　围点打援

集中兵力　各个歼灭

一切就像走出土地的农民

牵着牛鼻子任意游弋

又像擅长作诗的高个子领袖

按照韵脚赋诗填词

割据的工农武装

在与强敌的周旋中

赢得了一张张胜券

也积累了染血的经验

革命就像是不竭的河

涓涓滴滴　在丛林中汇聚

朝着辽阔的大地汹涌流淌

浩浩荡荡　奔流不息

历史不需要刻意雕饰

也不必人为地增删

而前程却

需要沉思　需要呐喊

需要开拓　需要筛选

当那些熟背经典条文的秀才们

把革命领入深深的泥潭

当失败发生在不该发生的时间

鲜血洒在了不该洒下的地点

那个最懂得如何在中国的土地上

播种和收获的湘音领袖

在充满鲜血的结局中奋力疾呼

中国的车不能走别国的路

中国的路离不开农村

中国的胜利离不开土地

中国前途灿烂的明天

注定从一开始就与山有关

哦　井冈山

我该怎样描绘

你蜿蜒逶迤的五百里风景

哦　井冈山

我该如何形容

你风尘仆仆的世纪旅程

我知道啊　在时光的河流中

只有那高高低低的群雕

才有资格与历史娓娓攀谈

只有那耸入云端的翠柏苍松

才能用来比喻红军的面容

我知道啊　在历史的长廊中

你已不是一座普通的山峰

是石头和丛林编织的摇篮

养育过革命　养育过最初的信仰

是精神和骨骼凝聚的丰碑

昭示过真理 昭示过光明的前景
是无数有名和无名的先驱者
用生命和青春谱写的血火抒情
也是一代又一代红色的传人
浇灌灵魂的圣水和彻悟人生的圣经
能使迷惘者重新振奋
开始生命中奉献的探索
也能使寻梦者如愿以偿
痛饮洗涤思想的佳酿
完成精神的跃升和心灵的飞腾

我常常沿着马背诗人豪放的灵感
在井冈群峰吟咏新的诗篇
每一块石头和每一条小路
都是令我心驰神往的风景
每一个故事和每一则传说
都能教我热血沸腾感慨万千
虽然已没有万丈长缨随风舞动
虽然已不见被捉的师长狼狈不堪
而穿行在五大哨口和井冈碑林中
总有一种呼啸的沉默穿过眼前
碑石上被风雨剥蚀的字里行间
总闪现着当年冲杀的场面
竹风潮声滚过的时刻
回响着骨骼和石头的声响
浓重云雾乍起的时候
鸟语花香也蔓延着挺拔的信念

哦 穿行于往日的骄傲和辉煌里
一向懒惰成性的思维

竟勃发出众多跃动的灵感
置身层层叠叠的峰峦之间
所有关于昨天今天明天的问题
在井冈山飘飘荡荡的云雾之中
都能找到清晰明确的答案

第三章 怀念长征

我们通过长征了解前辈
世界通过长征认识我们
                ——题记

11

所有的语言和词汇
都显得苍白乏味
所有的比喻和形容
都不够确切到位
关于长征
我所聆听到的
是数十万不屈的脊梁和灵魂
踏着《国际歌》的音谱
用平平仄仄的枪声
吟哦的一部红色诗典
关于长征
我所目睹到的
是我的祖辈和父辈
在万般艰苦的历程中
用意志和胆量
用血水和汗水
用旷古空前的勇敢和智慧
矗起的一尊独立云汉的丰碑

岁月的风风雨雨

洗去过许多流行的色彩和时尚

却始终没有洗去

这诗典和丰碑的荣耀和光辉

那段离我们逐渐远去的故事

穿越时空　蜿蜒至今

常常使人如临其境

使人产生出许多充满敬意的思维

如今那些化成歌声的呐喊和冲锋

已演绎成鞭策人们的警句和真理

常常使人们振聋发聩

使人们听过一回

就能终生回味

12

围追堵截

使气候和路都显得异常恶劣

重兵压境

使战斗和较量显得格外激烈

革命　就这样

在别无选择的时候

选择了远征的决策

枪声和炮声织成的语言

以铁和火的力度

一层层切开了黑暗的长夜

炮火和硝烟连缀的背景中

闪耀的红星如神奇的种子

一路流过

一路照亮了山川和原野

我忍着眼泪和心跳
清晰地感受到
在湘江岸边
在时光的背面
依旧蔓延着浓浓的血腥味道
那被奔马和波涛搅碎的沉默
裂变着无尽的铜质
裂变着英雄的气概
裂变着黑暗和旋涡的狞笑

从此岸到彼岸
是一次绝处逢生的拼杀
撕开的却是一段历史的创伤
它的伤筋动骨和刻骨铭心
写下了"谁主沉浮"的巨大问号
也写下了关于走向成熟
走向成功的深沉思考

13

正是因为把曾经弯曲的思想
重新正了过来
正是因为把受到排挤的领导
重新请了出来
遵义那幢普通的青砖灰瓦楼房 [1]
竟辐射出照耀整个红色道路的光彩

历史在二楼的会议室里

瞪大焦虑的眼睛

用苛刻的语言

质问成功和失败

用急切的心情

审视过去和未来

用公正的态度

重新选择和淘汰

此后　那一队队衣衫褴褛的英雄好汉

用纵横捭阖的狂草

在万水千山之间

冲杀拼搏　任意东西

书写着气壮山河的诗篇

书写着红色队伍的气概和风采

或许是因为太绝妙了

或许是因为太精彩了

四渡赤水的神奇用兵

铁索桥上的绝处逢生

至今许多人弄不明白

猜测是上天的有意安排

其实　如果真正了解了红军

了解了他们是怎样从

苦难的压迫中走出来

就会读懂金沙江

就会读懂大渡河

就会读懂红军为什么不是石达开

为什么会一次次冲破黑暗的封锁

为什么像一条红色的河流

一路浩浩荡荡　汹涌澎湃

向着胜利　向着未来

如果真正读懂了红军

就会不再为一些行为和举动

感到难以理解

就会知道为什么他们

在革命需要的时候

随时都会将血肉之躯

站成墓碑

用年轻的死亡和永恒的生存

把跪着的日子和河山

一段一段扶起来

14

咀嚼长征

我感到最有味道的要数青稞和草根

我相信那些昔日的英雄豪杰

面对觥筹交错的宴会厅

同样最怀念青稞和草根

在充满死亡的险途上

绕在胸前的青稞面就是生命

只有当寒冷和饥饿

把年轻的战士

推进死亡之门

青稞面才以清香的味道

驱赶着近在咫尺的死神

那些晕倒后

沿着青稞的味道醒来的战士

继续向着前方

向着不再想象青稞的地域和季节

挺进

草根也是丰盛的晚宴

是使一切美味佳肴

黯然失色的天然营养

在长征最艰苦卓绝的日子里

草根成了革命唯一的养分

它喂养了一支红土地上走出来的队伍

喂养了和它自己一样

渴望用阳光装饰世界的人们

离开长征的岁月越远

朴实的草根离我们越近

当我们穿行在

芳草不再被连根拔起的风景中时

依然挥不去草根的身影

依然看到瘦骨嶙峋

但满山遍野的草根

以青涩的气息喂养着革命

喂养着不屈的精神和灵魂

那些曾经是士兵的将军

凭着拥挤在胃里的草根

将火把从瑞金举到了延安

使革命裂变出新的生命质量

让理想和信仰真实而又生动

在他们的眼里

草根对于革命

就像土地对于草根

如今 虽然草根对于生命

已不再重要

不再生死与共
然而有关草根
和与草根有关的精神
依旧是我们取得成功的
秘诀和窍门

15

两万五千里的征程
是在草鞋的运动中完成
一部辉煌的英雄史诗
是由穿着草鞋的脚板写成
草鞋　这神奇的精灵
穿越了万水千山
穿越了急流险滩
它强渡大渡河
飞驰铁索桥
如履平地
虎跃龙腾
它翻越夹金山
跋涉松潘草地
经受了泥泞
抗过了严冬
沿途的野草和穷人
在红色的旗帜照耀下
在先进的思想编织下
不断编成新的草鞋
和新的队形
不断生长着充满钙质的
骨节和灵魂

革命　正是在草鞋的

蔓延和滋生中

拯救起多灾多难的民族和民众

一步步深入山山水水的心灵

一步步走向充满曙光的黎明

在国际时尚流行的都市

在充满新款的皮鞋店里

我常常对草鞋产生出无限的恋情

常常想起在博物馆里沉默已久的

草鞋的表情

虽然硝烟浸泡的痕迹

已模糊不清

虽然偶尔前来瞻仰的人

对它议论纷纷

虽然它的主人

已成了共和国的脊梁和风景

而它依然以曾经朴素的足音

丈量着每一寸肥沃的土地

丈量着每一段美好的前程

在色彩纷呈的流行季节里

它的沉默

像是大声的呐喊

又像无言的提醒

新的征程

不会再有雪山和草地

但一定会有

曲折迂回　险象环生

如果谁丢弃了

草鞋的信仰和气节

如果谁忘记了

长征的艰辛和困苦

那么当风暴突起

当大雨来临

谁就会惊慌失措　寸步难行

16

最初　我是在草地的故事中

感受到了七根火柴的温度

感受到了星星之火

形成燎原之势的道理

那一顶浮在沼泽上的军帽

那军帽上闪闪的红星和体温

在一位已成为老首长的小红军心中

是那样质朴

又是那样真实

老班长将他推出泥沼的情节

和他回头时

老班长下沉的微笑

至今温暖着他的躯体

头顶红星的队伍

拄着拐棍

背着革命

走进死亡之地

又走出死亡之地

许多人在草丘旁倒了下去

用斗笠做成标志

给后来的人们指示去路

红色岁月　红色历程　红色史诗　红色经典

许多人沉下去了

他们拄过的拐杖

成了纪念他们的墓碑

而他们的躯体

却长成了更加茂密的草地

如今已分不清哪一丛花

和哪一片草

延续的是他们的生命和追求

但有一点十分确切

那昼夜流动的花香和草韵

始终蔓延的是篝火的温暖和光明

无论风怎样刮　雨怎样淋

那星星点点的篝火

始终在岁月的拐角处

一闪一亮

一起一伏

温暖着受伤的前胸和后背

照耀着前进的道路和主义

那飘着雪花落着冰雹的草地

那魔鬼般滚动着风雨的草地

曾无情地吞噬了红军战士的生命

也深深埋下了革命的种子

难怪　如今每当人们想起草地

肌肉的质地便坚韧起来

骨骼的关节便挺拔起来

无论遇到多么寒冷的风雪和困苦

只要想起草地

想起七根火柴

便会有一团炽烈的火和意志

在脆弱的胸腔迅速燃起

17

那些走上长征的女性
原也是一群普通的女人
为了不再受到压迫和屈辱
为了不再受到打骂和欺凌
面对风暴般滚来的战争
她们没有走开
她们剪掉秀发　打起绑腿
把丰满的胸脯和女人的柔情
统统裹进粗大的浅灰色军服中
然后　和男人一样跋山涉水
和男人一样冲锋陷阵
她们走近了战争
战争却并不绕开她们
她们孕育了新的生命
新的生命却并不理解她们
山坳里　树丛中
婴儿的哭声
常常使枪声不再冷硬
不再清脆
不再恐惧　刚刚走进战争的心灵
有时候面对重重包围
她们慷慨赴死的表情
和男人一样从容坚定

那些走上长征的少年
原也是一群普通的孩子

他们本该背着书包去学校

去知识的海洋里闯荡游弋

本该在父母的呵护下

尽情地游戏或甜甜地入睡

然而苦难和压迫

使本该发生的事情

失去了发生的可能

火光和硝烟

染红了他们的心灵和眼睛

他们寻着红星的光芒

为了一线生机

踏上了万里征程

河流没有因为他们的年幼而平缓

雪山没有因为他们的瘦小而弯腰

肩头扛着和大人一样的大刀和钢枪

扛着和大人一样的使命和责任

他们常在寒冷的夜晚

躲在老班长的怀中

听着动人的传说

数着闪烁的繁星

露着苦涩的笑容

进入甜蜜的梦境

而一旦枪声骤起

他们便敏捷地一跃而起

握紧钢枪

戴好红星

从容地加入出发的队伍

一边行军

一边回味梦中的情景

18

雪山的高度
是精神和信仰的高度
是英雄雕像的高度
难怪缅怀英雄的时候
总有洁白的雪
纷纷扬扬　扑面而来
给我们送来雪山素洁的旋律

其实　雪山上的生命旗帜
是那些越过雪山的人扛出来的
却是那些没有走下雪山的人
扬起来的
雪山在人们心中如此圣洁
是因为爬雪山者的追求圣洁无比
雪山在人们的心中如此年轻
是因为雪山上曾掩埋过年轻的勇士
雪山在人们的心中如此美丽
是因为雪山上曾凝固过美丽的微笑
雪山在人们的心中如此神奇
是因为雪山曾重塑过神奇的种子

红军矫健地越过的高山
无一不显得神圣而又蓬勃
无一不站在岁月的高处
自信地瞭望未来　回首历史
尽管　它曾以冰雪和冷酷
使稀薄的氧气里穿行的红星

步履维艰　喘息急促

但它毕竟用巍峨作为背景

渲染了英雄的意志和壮举

毕竟用厚重的躯体和永恒的碑石

为英雄的雕像

立下了永远稳固的基石

雪山因英雄而巍峨

英雄因雪山而高大

翻过雪山的将军和士兵

没有跨越不了的困难和高度

而每当困难如山矗立在前方

他们总是一如既往默默无语

从不叫喊自己要如何跨越高山

而只是一步一步地向前攀登

就像当年征服夹金　梦笔和打鼓

从容自信　出其不意

19

长征是一部无形的诗典

它已不仅仅属于东方　属于中国

它早已成了人类共同的精神财富

我们通过长征了解前辈

前辈通过长征感动世界

世界通过长征认识我们

这看似简单的循环重复

却使得长征成了永远的畅销书

不需要做任何广告

也不需要丁点的夸张和拔高

因为在长征的日日夜夜里

那支队伍中每一个生命

都将生存和战斗的潜能

发挥到了极致

长征中所有的吟唱和呐喊

都闪现着献身和辉煌的词句

那从字里行间携手而来的英雄

已成了我们民族自立的向导和路标

指示我们向着自由和幸福

昂首阔步

重读长征

两万五千里征途中重重叠叠的脚印

全部化成了诗人高亢奔放的诗句

尽管有时候许多人献身的壮举

才能组成一个撼人心魄的词汇

但历史从一开始就认定

他们每个人的生命和故事

都是我们民族历史上

最精彩的情节和篇章

都能从历史的坐标上

寻到保留的价值和位置

如今的人们和将来的人们

只要走近他们　感受他们

摸一摸他们浩气如虹的脉搏和心跳

就能汲取无穷的营养

就能在命运和前途需要选择的时候

执着顽强　坚忍不拔

热爱真理　守护正义

并且用赤诚的热情和责任

收获成功　收获果实

[1]1935年1月15日至17日，中共中央在遵义召开政治局扩大会议。这次会议集中纠正当时具有决定意义的军事上和组织上的问题。会上毛泽东、张闻天、王稼祥作了重要发言，尖锐地批评第五次反"围剿"战争中实行单纯防御、在长征中实行退却逃跑的错误。经过激烈争辩，多数人同意他们三人提出的提纲和意见，认为博古所做的关于第五次反"围剿"的总结报告是不正确的。会议增选毛泽东为中央政治局常委，并委托张闻天起草《中央关于反对敌人五次"围剿"的总结的决议》。会后不久，政治局常委决定由张闻天代替博古负总的责任，由毛泽东、周恩来、王稼祥组成三人小组负责全军的军事行动。

遵义会议在事实上确立了以毛泽东为核心的党中央的领导地位，在极其危急的情况下挽救了中国共产党、中国红军和中国革命，成为党的历史上一个生死攸关的转折点。（见《中国共产党的七十年》第137页，中共党史出版社，1991年8月版，1999年6月印刷）

第四章　仰慕延安

> 蜿蜒的延河之水
> 和荡漾的南湖碧波
> 一样光泽万里
> 一样充满神圣
> ——题记

20

当蜿蜒的红色铁流
淌到吼着戈壁风的陕北时
当生长在竹林里的红军谣
嫁接到悠扬的信天游时
当透着甜辣的南方口音
融进黄土般质朴的陕北方言时
延安　这个原本
鲜为人知的小城
一时间名声鹊起
或想消灭她　或要保卫她
或是害怕她　或者神往她
总而言之
所有的目光
都聚集在这里
所有的话题
都因她而起

红色岁月

红色历程 红色史诗

红色经典

直到许多年后

红色旗帜飘扬南北东西

革命被精装成一部完整的大书

延安就开始挂在前辈的嘴边

就开始在怀念和反思的话题里

常常被人们动情地提起

常常被人们当作铜镜和警句

透视思想 鞭策行为

常常在庆典和欢呼的时候

被比喻成摇篮 歌颂成圣地

也许是离开延安的岁月

距我们越来越远

也许是父亲那些老战友们

已相继作古

我忽然开始仰慕延安

忽然想穿越逝去的岁月

寻访前辈战斗的足迹

然而 当我在意志的房间里

让睡惯沙发软床的肉体和灵魂

重新坐到硬邦邦的土炕上时

才惊奇地发现

我的身板和思想

已远远比不上父亲和祖父

当我在生命的坡道上

用踩惯流行舞曲和汽车油门的脚板

重新踏上黄土坡的羊肠小道时

才意外地感到

爬上一段山坡 越过一个坎坷

对我来说 已经相当吃力

还有许多当年妇孺皆知的故事

我已记不清楚

还有许多当年常用的名词

我已说不出含义

于是我悄悄打开

父亲的日记

一件件拜读

那尘封已久的往事

拜读革命是怎样

在这块贫瘠的土地上

得到营养丰盛的滋补

拜读前辈是怎样

把解放的理想

一段段织成锦绣山河

一段段织成当家作主的权利

21

一批 两批 三批……

南方人 北方人 外国人

歌唱着 呼喊着

成群结队 前赴后继

奔向延安

奔向举着旗帜

举着希望

举着民族命运的红军

相信他们之中

并不都是为了填饱肚皮

改变衣食无着的人生

也不只是为了满足好奇

赌着生命　做刺激的采风

他们中的许多人

原本也是英俊书生　闺中佳丽

原本也是文坛新秀　艺苑明星

一次次希望又失望之后

他们终于看清楚了

梦中苦苦追寻的风景

不是庐山奇峰

也不是峨眉丛林

而是蛰伏在黄土塬上的

一孔孔土里土气的窑洞

只要心里有路

脚下就有路

只要自己不倒

谁也无法战胜

他们闯过枪林　穿过刀丛

他们涉过大河　翻过峻岭

一路向西　一路向北

寻觅希望　寻找光明

铁桶般的封锁

没有锁住他们的双腿

颠倒是非的宣传

没能迷惑他们的眼睛

当他们在黄河边

看到了神奇的信念之光

当他们在延水里

找到了不竭的精神之泉

当他们穿起灰布军装

并学会在衣裤上打缀补丁
他们忽然感悟到
自己在不倦的油灯下
娴熟地穿针引线
就像是在缝补
缺少信仰的人生
就像是在缝补
遭受不幸的命运

如今　当我看着归来的雁阵
云层般飞过渭水　降临窑洞
当我看着漫山遍野的无名小花
迎着春风尽情开放的情景
我便常常想起
那些雁阵般奔赴陕北的人们
想起他们红柳般扎根黄土
并且竞相绽放着
辉煌的人生
绽放着辉煌整个时代的
坚毅和纯朴
灵感和冲动
我终于明白了
为什么在缺少雨水的季节
黄土壁上生长的野草和酸枣
总是那么蓬勃　那么茂盛
为什么朔风中的白杨
和窑洞的那些主人
总是让人分辨不清
总是一种风骨　一种表情
我终于明白了

为什么在我童年的记忆中
圣洁的延河之水
和荡漾的南湖碧波
延安的宝塔山
和北京的天安门
总是在课本的彩页里
融为一体　交相辉映
一样光泽万里
一样充满神圣

22

陕北这片平凡的黄土盛产小米
而且长势很好　产量很高
当从井冈山开始的
两万五千里流血的播种
把三万粒饱经硝烟浸染的种子
播进贫瘠的黄土塬上
革命　便在这世代生长小米的地方
和小米一起倔强地成长

也许是因为岁月过于饥寒
小米在窑洞的大锅饭里
格外香甜　格外富有营养
也许是因为和土地的世代亲缘
革命在灿烂的谷子地里
迅速成长　迅速漫向四面八方
当金色的小米和铁质的步枪
伴随打着绑腿的弟兄
把民众一次次引出饥荒

把希望一片片播进平原山冈

小米加步枪

便成了一种固定的组合

成了一种战无不胜的力量

飞机大炮拿它无可奈何

敌手闻风便心惊胆战

那挂着米袋　举着步枪

策马穿过硝烟的战士

总让人联想到雄鹰

联想到利剑

联想到猛虎下山的形象

他们在遭受铁蹄践踏的大地上

把爱情和仇恨一起压进枪膛

射向黎明前的天幕

点燃温暖的太阳

今天　当大米和白面

中餐和西餐

把和平幸福的日子

喂养得丰丰满满　白白胖胖

当高楼和超市

汽车和立交桥

把曾经满是泥土的城市

装点得华丽娇贵　热闹繁忙

不少曾喝着小米粥

吃着小米饭进城的人们

已淡忘了小米的色泽和模样

说不出小米的味道和营养

而小米　这金黄的精灵

依旧在陕北的黄土塬上

默默地繁衍　默默地生长
默默地喂养着许多
依旧依赖并且关爱它的
生命和思想

那个正进修现代军事指挥的年轻军官
假日去陕北做了一次难得的寻访
他本想消遣生活　打发时光
而当忽然看到小米
他的心头豁然开朗
神经和灵感为之一亮
正是在被一些人遗忘的地方
小米依旧以不变的气质和品格
长在谷底　守在塬上
依旧以绿色的芳香和金黄的滋味
迎接雁归　欢送雁往
难怪他归来后总是饭茶不香
总是夜夜都有无穷的怀想
既回味小米滋养的陕北岁月
更怀念小米加步枪的信仰
他说如果把信息指挥的课堂设在塬上
取胜的把握就会大大增长

23

南泥湾是个好地方
不是因为它曾生长过
茂密的次生林
不是因为它曾开放过
火红的山丹丹

也不是因为它曾飞舞过
美丽的蒲公英
而是因为它在铁桶般的围困中
掀起过大生产的季风
在荒凉寂寞的土地上
夺回过春雨春风

种子是收获的希望
也是春天的精灵
一粒嫩芽就能萌生一片新绿
一片新绿就能改变饥饿的命运
枣园的灯光能够作证
杨家岭的柳林能够作证
谁的汗水流得多
谁的收获就丰盛
自己动手 丰衣足食
南泥湾成了江南的缩影
烧荒的野火和夜晚的篝火
映红了解放区明亮的天空
扬花的稻浪以民族的肤色
书写着史册上金色的收成

哦 那在开荒的镢头下
一步步站起来的南泥湾
为革命种植着丰富的营养
也为扛枪的拓荒者
证明一条真理
有了不甘饿死的骨气
就能为事业开垦宽阔的途径
就能为命运播撒新生的精神

我向往那种无拘无束的播种

血与火中涌动着无穷的激情

军队与土地血脉相连

党和人民心贴着心

红枣南瓜一样香甜

笑声歌声难辨身份

没有那么多的门槛

没有那么多的哨兵

领袖和群众　将军和士兵

迎着朝阳播种　伴着晚风耕耘

肩膀挨着肩膀　脚印叠着脚印

万众一条心　黄土变成金

伟大的播种换来了辉煌的远景

崛起的种子　长成了新中国的雏形

南泥湾是个好地方

不是因为它那简朴的纪念馆

浓缩了辉煌年代的辉煌侧影

也不是因为它在悠扬的民歌里

美丽风光被唱得悦耳动听

而是因为它那开垦和播种的精神

已深深植入了一个民族的心灵

不管是困难的日子

还是富裕的时光

都能生长出蓬蓬勃勃的

战斗和人生

24

远望延安
最普通又最不普通的
要数那密密麻麻的窑洞
可以说有关延安的所有诗文
都是对窑洞的礼赞和歌颂

我无论如何也无法追问到底
那些曾经住过窑洞的人们
为什么不管何时都始终认定
窑洞是最革命的
窑洞里有马列主义
窑洞里有光荣传统
我无论如何也无法穷原竟委
那些从白区来到延安的人们
为什么都在日记里认真写着
窑洞里有人生信仰
窑洞能使人精神倍增
窑洞能使人变得年轻

也许只有杨家岭的风能记住
也许只有枣园的雨能说清
窑洞里身穿粗布衣的领袖
是怎样彻夜不眠
在油灯下思考红色政权的命运
起草关于革命的进程
并且用朴实无华的语言
把深奥的哲学原理和革命道理
表述为《论持久战》《反对自由主义》
表述为《实践论》《矛盾论》
也许只有马兰纸和桦树皮能记住

也许只有旧纺车和老石磨能说清
那些紧握枪杆和笔管的士兵
是怎样忘我工作
在油灯下纺织棉线和边区的民主
学习文化和革命的圣经
并且把坚贞不渝的信仰
酿制成出征前壮行的烈酒
谱写成战斗中英勇的歌声

我常常沿着一种精神攀登
在淌着繁星的延水边
用深沉的目光解读窑洞的明灯
在启明星倏然一亮的瞬间
我看见所有窑洞的灯光
都是明亮的启明星
难怪腥风血雨的岁月里
它跳动的火焰像一轮旭日的精灵
令扑火的飞蛾胆战心惊
让昏睡的山河瞪大了眼睛

窑洞如今已经很老很老
窑洞的灯光已化成了四季风景
而它的信仰却依然年轻
风雨无数次剥蚀着的窗棂
默默无语
关注着风起云涌
关注着从窑洞搬进城里的
政权和制度
是否会淹没在觥筹交错之中
是否会在

潮水般涌来的金钱和美色面前
不动声色　信守人生

那些早已告别窑洞的人们
始终没有走出窑洞的视线
难怪他们每一次回到窑洞
回家的感觉就油然而生
难怪他们重新住进窑洞
心里就感到格外平静
难怪他们惜别窑洞时
总能留下动情的心声
在没有硝烟的征途上前行
立于不败之地的秘诀
依然写在朴素的窑洞
遥望延安
我忽然勃发出一种剧烈的冲动
伟大行列的后来者
不应该只有自豪美丽的回忆
不应该仅仅徘徊于昔日的光荣
既然窑洞已为我们
树起了一座巍峨的丰碑
我们该用什么为未来
留下一面上乘的铜镜

25

也许是朔风熏染的结果
也许是沙粒打磨的造化
像曲曲弯弯的陕北小道一样
信天游的旋律

永远是那么委婉悠扬

永远是那么浑厚淳朴

永远是那么嘹亮高亢

最初　是操着南方腔调的红军歌手

给信天游掺进了铁质的内容

使它随着旗帜的乐典

游进了血管里

游进了阳光下

游进了风雨中

一时间　这原本只随着

羊群和毛驴的脖铃

传递心事的信天游

竟成了最时髦的歌声

在信天游厚实的灵感里

《白毛女》《兄妹开荒》《黄河大合唱》

许多后来被称为经典的节奏和旋律

应运而生

全中国的山川和河流

心灵和喉咙

都在深情吟唱　锋芒

和不屈的信仰

在雨中闪过　在风中晃动

这长了新翅膀的信天游

和红艳艳的山丹丹

白生生的羊肚手巾

从陕北出发

穿越华北　穿越东北

穿越远远近近的城市乡村

希望随着它一曲曲上升

胜利伴随它一个个发生

死亡在它的旋律里

回荡着慷慨悲壮

苦难在它的旋律里

转化为密集的枪声

哦　信天游金子般的音符

一次次敲打人们的思想和作风

一次次激荡黄河咆哮的吼声

一次次传递领袖和将军

英明的声音

已经记不清了

延河边那个饮马的小号兵

是进城做了大官

还是长成了纪念碑旁

一株茂盛的劲松

总之　他在晨曦中

吹响号角的情景

他那激昂向上的年轻面容

和透着信天游旋律的进军号声

已成了共和国最精彩的剪影

已经分不清了

那些吟哦信天游的枪支和头颅

是长成了茂密的森林和花丛

还是走进了博物馆的展览大厅

总之　信天游的音符里

至今仍流着他们的呐喊

流着他们的故事

流着他们永远年轻的

冲动和激情

已经说不清了

有多少信天游的歌手

进城当了主人

说不清他们之中

是不是有人背叛了当时的初衷

总之　有不少两鬓斑白的老将军

总是念念不忘关于信天游的一些事情

难怪在霓虹灯闪烁的流行摇滚中

偶尔听到一曲信天游

他们总止不住热泪盈盈

26

真应该感谢那些外国记者

他们以笔为剑

在严实的铁桶上扎下了剑眼

红色政权透过剑眼传出了声音

世界通过剑眼看到了红色政权

首先应该感谢埃德加·斯诺

《西行漫记》道出了东方魔力

红军将领个个栩栩如生

在字里行间活灵活现

他们没有礼服

军装也不规范

而在满是疮痍的中国

只有穿着补丁的军人

才最懂得如何补地补天

党校　抗大　鲁艺

天地为校舍　膝盖做桌面

一边学本领　一边搞生产

没有一所学校

与土地这样亲近难分

没有一所学校

与实践这样血脉相连

难怪那些外国记者

采访后总是深情感叹

决定东方命运的

不是美国

不是南京

而是延安

是的　东方的命运在延安

中国的前途在延安

对于失血太多的革命

延安是补充营养的医院

对于白色恐怖的统治

延安是制造炸弹的车间

每一架纺车都摇过希望的歌

都织出过历史的五彩锦缎

每一盏油灯都燃过信念的火

都照亮过抗争的眉眼战斗的容颜

每一道黄土塬上

都有一段难忘的故事

每一孔土窑洞里

都写满了民族的前途和明天

我真羡慕那样的采访

没有摄像机　没有麦克风

没有过多的问候和寒暄

没有事先准备　没有外交辞令

没有预定的场合和时间

黄土塬上　领袖和记者

一边散步　一边抽烟

席地而坐　彻夜长谈

有时候　我感到他们不是在接受采访

而是在向世界发表讲演

有时候　我感到他们不是在回答问题

而是在向人民进行动员

或许是太奇特了

那过目难忘的情节和片段

妇孺皆知　口能详传

或许是太神秘了

那掷地有声的表情和语言

使人心热　令人失眠

也许那一种举世无双的采访模式

如今已经时过境迁

而那不卑不亢

赢得世界惊讶和赞叹的

东方魔力

却值得今天和将来借鉴

27

一棵树木如果不及时修剪

就会冒出多余的枝枝杈杈

就会影响生长甚至生命

一个政党如果不反思整顿

也难免会滋生邪气和歪风

难免会影响形象　断送前程

当历史走过了太多的弯路

经受了太多的挫折之后

终于选择了

与土地最亲近的领路人

在泥土和血光中走出来的舵手

心中比谁都清楚

圣典里的条文和字句

绝不是灵丹妙药

绝不会因为拥有了它

不费力气

就能包医百病

他最先彻悟到

从指挥中枢

到神经末梢

整个政党的肌体和作风

都必须彻底更新，

于是　在窑洞长明的油灯下

他用土炕　桌子　椅子

和一些沐过枪声和马蹄声的书籍

作为全部道具

导演了严肃活泼的整风运动

他首先意识到

队伍要整齐　步调要一致

兵要精　武器要好

人心要齐　气要顺

就要正视矛盾　解决矛盾

如果回避和漠视矛盾

事业将无法继续进行

并警醒那些组织上入了党

思想还在党外的人

要放下包袱　立即行动

那篇著名的演说 [1]

篇幅不长

却容量无穷

作者运用化学的方法

把几十年的经验和教训

浓缩其中

展示给人们一条

有中国特色的真理

上帝不在东欧

上帝不在书本

而在埋葬苦难的实践中

他用磁力极强的湘音

谆谆告诫全党

要坚持真理　修正错误

整顿党风　学风　文风

向着黑暗作艰苦卓绝的斗争

哦　那曾在马背上吟哦的诗人

那只向人民和土地弯腰的领袖

关于整风的一系列报告

在杨家岭门庭若市的窑洞

立成了一座理论的丰碑

那作风　那思想

向世界和历史证明

领袖成熟了

政党成熟了
革命开始了
披荆斩棘　乘风前行

得民心者得天下
尽管在此后的跋涉中
山高水长
风急雨浓
但锦绣的前程
已在整风中抖开
英雄的格局
已在整风中形成
任何逆之而行的力量
都无法阻止
巨浪般翻滚的革命洪峰

28

那个叫张思德的警卫战士
在红红的炭火中平凡地离去
而一个政党和全体民众
却从他倒下的地方
悟出了一个永恒的话题
悟出了聚合在木炭里的
所有关于温暖
关于给予和受益的道理

这个貌不出众的警卫战士
和他用行动书写的朴素真理
使得泥土中成长起来的伟人

动了真情

他泪流满面

走上送别战友的土台子

缓慢而又沉稳地

把张思德身上那些

最值得张扬

最值得传播的思想和道德

精确地凝练为五个大字

——为人民服务

据说　作为政党和军队的统帅

送别一位普通的战士

这是第一次

也是仅有的一次

然而　中国关于燃烧生命的童话

从此开始

就有了重于泰山的命名

有了精彩生动的结局

张思德没有料到

领袖为他概括的五个大字

矗立在宝塔山上

像五捆峰峦般的木炭

成熟了党建理论

指导了整风运动

燃成一个政党全部历程的

唯一宗旨

为人民服务

这五个金质的大字

随着岁月的风雨

和旗帜的轨迹

渐渐渗入了民众的心里

成了一座闪闪发光的生命标高

成了一条衡量价值的人生准则

从此　血和肉

鱼和水

瓜和秧

土地和森林

就成了党和民众之间

最常用的一种比喻

从此　所有面对旗帜

举起手臂的人们

都会在兴奋激动之时

把这五个大字铭刻在心里

并且　在所有要走的路上

和所有要唱的歌里

时时对照自己

时时警醒自己

为人民服务

这因张思德而引发的党的宗旨

已被无数个张思德

无数次证实

有宗旨在心的时候

总能创造奇迹

遗忘宗旨的时候

难免会落马失足

不管是在过去的路上

还是在未来的世纪

谁也无法逃脱

这个钢铁般的规律

[1] 延安整风运动，是一次全党范围的马克思列宁主义的教育运动。1942 年 2 月毛泽东在中央党校开学典礼上作了《整顿党的作风》的报告，全面论述了整风的任务、内容、办法和意义。(见《中国共产党的七十年》第 214 页，中央党史出版社，1991 年 8 月版，1999 年 6 月印刷)

第五章　回首抗战

所有的往事都已凝成了
纪念馆里千姿百态的浮雕
　　　　　　　——题记

29

透过时光之窗
我看到铁蹄践踏的土地上
屈辱　痛苦
与怯懦的躯体一起
在鲜血和眼泪中埋藏
梦想　渴望
与苍松翠柏一起
在布满弹痕的焦土上成长
自由　自尊
与雄鹰白鸽一起
在硝烟和火光中飞翔
那被刺刀和烈火灼红的眉眼
怒射着不屈的抗争之光
那被战车和炮声撕碎的灵魂
升华成精神的力量
那被杀戮和欺凌的
江河湖泊　平原山冈
蔓延着起伏的潮汐

奔腾着汹涌的波涛

裂变着金属的声响

"起来　不愿做奴隶的人们

把我们的血肉　筑成我们新的长城"

在高亢激昂　震撼心灵的

《义勇军进行曲》里

延安　西安　南京

红军　东北军　西北军

那些曾经兵戎相见的政党和军队

那些曾经不共戴天的穷人和富人

调转了枪口　改写了纲领

泯去了恩仇　统一了行动

他们用赴死的战斗

和带血的刀片

缝补亡国之痛

他们用燃烧的信念

和滚烫的呐喊

对入侵者做出响亮的回应

只有被砍断的头颅

没有因压迫而弯曲的脊梁

对于强盗和野兽

猎枪和子弹是永恒的魔方

对于仇恨和苦难

只有举起敌人死亡的火焰

才能点燃民族生存的希望

那些蛮横的侵略者

从来都过于自信和骄狂

从来就不相信

历史会握着公平的法则
击溃任何邪恶赖以生存的
堡垒和屏障
也许只有埋葬他们的山冈
才能证实正义的力量
势不可挡

那些崇尚强权的入侵者
虽然以战败的名义
无条件地签字投降
而他们和他们的某些子孙
至今仍没有读懂长城
仍没有读懂黄河和长江
仍在幽灵的阴影中
做着"东亚共荣圈"的梦想

时光的河流
洗去过许多短暂或长久的
欢乐和忧愁
却始终没有洗去
我们民族的肌体上
那个曾经血流如注的伤口
如今站在长城的残垣断壁上
蓦然回首
依然能清晰地目睹和感受
我们握惯犁把的祖辈
是怎样在侵略者战刀飞舞的光影中
开始改行
开始成为百发百中的神枪手
我们曾经面黄肌瘦的民族

是怎样在与野兽的搏斗中

获得新生

获得坚韧的骨骼和血肉

并且雄狮般发出

令世界震惊的怒吼

30

自从那一夜冷冷的风中

闪过刀光　响起枪声

卢沟晓月　便以清冷的神态

悬在历史的天空

注视着长城两边　狼烟

是如何一朵朵燃起

又一朵朵熄灭

注视着一片片被蹂躏的国土

在被鲜血和眼泪浸透之后

是怎样生长出蓬蓬勃勃的

仇恨和火种

注视着一颗颗不屈的灵魂

是怎样举起战斗的狼毫

疾书带血的风流和光荣

也许只有卢沟桥上

那数不清的狮子心中能记清

一个民族　一个国家

经受的数不清的屈辱和伤痛

也许只有卢沟桥下

那条曾经汹涌的永定河回荡着

一个国家　一个民族

走过的不安定的岁月和历程
也许只有卢沟桥上的晓月看得最清
挑衅的借口是怎样点燃抗击的炮火
抗击的炮火是怎样映红沉寂的夜空
也许只有卢沟桥头的纪念碑感受最深
诗情画意的地方曾写下亘古的悲壮
亘古的悲壮抖开了命运中崭新的里程

从"九一八"到"七七"
卢沟晓月目睹了
民众被牛马般奴役的历史
国土被鱼肉般切割的过程
目睹了在不抵抗政策的阴影里
土地和江河　尊严和自由
被轻易掠夺的情景
目睹了在如晦的风雨中
比野兽更凶残的侵略者
扭曲的心灵和暴行
也目睹了喜峰口　南天门
正义的将士
在鬼子滚落的头颅中
为气节和胆量淬火的身影
在自己喷涌的血光中
为独立和解放冲锋的举动

从"七七"到"八一五"
卢沟晓月目睹了
一次次血腥的屠杀
一场场殊死的抗争
目睹了艰苦而又残酷的岁月里

大刀和土枪　扁担和镰刀

在血与火中挥舞的情形

目睹了在统一抗战的旗帜下

不时地响起的冷枪

摩擦　以及不该发生的内讧

也目睹了延河岸边　太行峰顶

抗日的民众

是如何组成严整的队形

并且潮水般涌过敌人的阵营

目睹了他们是如何

用石头和白骨　弹片和歌声

为长城筑牢坚实的腰身

并且守在历史的垛口

以血为油燃起烽火

用战争消灭战争

多少年过去了　如今

卢沟晓月依然悬在高远的天空

依然温柔如水　明亮如镜

依然夜夜不休地照彻着

和命运息息相关的古桥和古城

照彻着远离硝烟的高楼和子孙

照彻着他们如诗如画的人生和爱情

照彻着他们漫步桥头时

难以掩饰的喜悦和冲动

也照彻着其中健忘症患者

桥头赏月时的麻木和无动于衷

风和雨从未失去记忆

刀和枪都睁着眼睛

那石雕的狮子和纪念碑
是那么滚烫而富有弹性
那模糊不清的刀痕和弹痕
清晰而又深刻地写着
扭曲的历史和扭曲的命运
难怪桥头那一队年轻的士兵
在月光下举起年轻的手臂
就像举起一片绿色的森林
就像举起历史深刻的隐痛
和他们目光交汇的瞬间
我读到了耐人寻味的内容
读到了延伸的长城
延伸的根

健忘的患者应当擦亮眼睛
否则就会重复逝去的噩梦
卢沟晓月是一种证明
更是无言的大声提醒

31

一场触目惊心的狂雪
突然覆盖了南京
一场惨绝人寰的屠城
在严冬里疯狂进行
三十万啊 三十万
三十万手无寸铁的
男人和女人
老人和孩童
像三十万被群狼围住的羔羊

拥在一起 挤在一起

低着头颅 闭着眼睛

任人捆绑 任人驱赶

任人宰割 任人欺凌

血

鲜红的血

滚烫的血

在冲天的火光和闭日的浓烟中

在刺刀的舞蹈和机枪的号叫中

在凄惨的哭声和狰狞的笑声中

从老老少少的胸膛里洒下

从男男女女的脖颈中喷射

从高高低低的门槛下流出

流遍了大街和小巷

流满了水沟和池塘

染红了江水和天空

或许是太善良了

那些被赶到屠场的人们没有想到

顺命和屈从

仍不能得到宽恕和同情

仍不能避免悲惨的结局

仍不能改变死亡的命运

或许是太愚昧了

那些被成群射杀的官兵没有想到

放下武器

就是放下了自由的权利

就是放下了生存的机会

就是放下了做人的骨气和自尊

在城池失陷之中 乃至

失陷之前　失陷之后

大大小小零零整整的血腥杀戮中

那浸染着鲜血的枪声

那夹杂着骨裂的刀声

那挑在枪刺悬在电杆的人头

那被割掉的耳朵挖出的眼睛

那在点燃的麻袋中挣扎的生命

那被奸淫后又剖腹取婴的母体

那被当作活靶的胸脯

那被用来竞砍的脖颈

交织着　裂变着

战栗着　抖动着

焚烧束手待毙的惊恐

弹拨麻木迟钝的神经

三十万胸脯连在一起

本可成为一道坚固的长城

三十万手臂举起刀枪

本可组成一支浩荡的铁军

三十万目光汇聚起来

本可燃起生存的希冀

三十万喉咙齐声怒吼

本可淹没野兽的嘶鸣

然而这一切都没有发生

都没有在古老的南京酝酿萌动

只有三十万道红色的刀痕

给历史留下深刻的伤痕

只有三十万个黑色的弹孔

给民族留下长久的隐痛

只有三十万具横死的尸骨

给大地留下惨白的屈辱

只有三十万双折断的手臂

给山河留下滴血的教训

如今 古老的城池里

那些或歌或舞

或信步街头的人们

大都不曾见过

赤身裸体的难民

破冰入水寒栗万状的情景

不曾见过万人坑中

焚烧的躯体痛苦的表情

也不曾听到过密集的枪声中

强盗的狞笑和婴儿的哭声

亮丽的阳光已经抚平了

斑驳的城墙上愁苦的皱纹

抚平了死里逃生的幸存者

心灵的乌云和阴影

只有城墙上还在闪动的累累弹坑

和肉体上逢雪便隐隐作痛的刀痕

始终在提醒鲜嫩的笑靥和欢乐的面容

始终在提醒年轻的浪花和古老的柏松

始终在提醒眼前的长江和远处的群峰

脚下厚重的泥土

是三十万尸骨朽蚀而成

是三千五百万灵魂连缀而成

耳边华丽的交响

是在晃动的刀光中找到旋律

是在滴血的枪声中谱写而成

尽管 狂雪中的热血已经冷凝

然而狂雪连续飘飞六周的每个时辰
却值得所有经过狂雪
和没有经过狂雪的人们
世世代代　铭刻在心

32

面对千疮百孔的山河
面对血腥弥漫的战火
有的人盲目自信
希望能够速战速胜
有的人悲观退缩
担心抵抗会导致亡国
是妥协　还是抗战
是求和　还是拼搏
风雨中战栗的中国
急切地注视着
在命运转折的时刻
该做出什么样的决策
苦难中流血的大地
焦急地关注着
在前景茫然的途中
该做出什么样的选择

最先擦亮人们眼睛的
是延安窑洞中闪烁的灯火
灯火下那位勇于中流击水的舵手
高高地站在了时代的前列
他准确地触摸着民族的脉搏
睁开透射历史的慧眼

提出了"持久战"的伟大学说
告诉人们抗日战争是持久的
但最后的胜利属于中国
他用智者的思索
找到了战争中的哲学线索
用准确的预言
给战争的全部进程
押上诗一般的节奏和韵脚
他用过人的智慧和胆略
在敌人占领的后方
点燃了熊熊的战火
并且把游击战争
作为生存和发展的依托
作为以弱胜强的方针和对策
他用过往岁月的全部经验
对前方和后方说
兵民是胜利之本
只有开展人民战争
抗战的画卷　才波澜壮阔
只有开展人民战争
胜利的格局　才能牢牢掌握
他甚至想到了战争的细枝末节
甚至定好了胜利的时间表格
运筹帷幄的思想和战法
令敌人和朋友瞠目结舌
一个被击打得焦头烂额
感到命运成了强弩之末
一个找到了准确的答案
有了行动的最高方略

对一场刚刚开始的战争

竟有如此准确的预测和把握

对于一条千山万壑的道路

竟能看到前景的壮丽与广阔

《论持久战》就这样神奇地

将一个民族的视线

拉出了长长的困惑

为亿万顽强的勇士

勾画出胜利的轮廓

从此　不论正面战场上的全景较量

还是敌人后方的各个击破

不论是太行山中掠过的刀光

还是大江南北燃起的烈火

不论是胶东半岛雷场上地雷的呐喊

还是冀中平原地道里枪声的诉说

不论是白洋淀里雁翎队的欢笑声

还是微山湖畔铁道游击队的琵琶歌

不论是长城两边勇敢的奔驰

还是白山黑水艰难的穿梭

总有《论持久战》编织的巨网

为人们一次次打捞成功的战果

总有《论持久战》神奇的钥匙

为人们一次次打开思维的大锁

总有《论持久战》碾出的辙印

把人们一次次引出失败和坎坷

总有《论持久战》闪亮的思想

把希望镶进丰碑的底座

直到许多年后

硝烟已化为闪亮的史册

依旧有人做出这样的评说

如果《论持久战》是一棵树

完全可以断言

它一定是

矗立在山顶的那棵青松

风雨越大

越能显示中国的性格

如果《论持久战》是一盏灯

它一定是

高耸在夜雾中的那盏航灯

越是雾浓流急

越有耀眼的光泽

越能展示舵手的气魄

如今　当我们从很远的地方

重新审视和阅读

这部中国革命战争中

最具说服力的经典著作

依然感到有一股股

激越人心的暖流

从心中流过

当我们在春雨中播种

关于和平与发展的苗禾

依然能感受到

许多营养丰盛的思想根须

仍是从那部著作中伸出来的

当我们在秋风中收获

关于进步与强盛的硕果

依然能够体会到

总有明察秋毫的雄才大略

伴随我们在新征途中

指点江山　笔走龙蛇

33

自从东渡黄河　挺进敌后

太行山就成了杀敌的好战场

它那绵延着铅灰色的神韵

荡起过枪炮和厮杀的交响

它那道道高耸的重峦叠嶂

交汇过自由与尊严的合唱

平型关大捷　振奋人心

不可战胜的神话成了纸糊的包装

百团大战　群山作证

日寇被打得魂飞胆丧

还有神头岭　十字岭

还有响堂铺　黄崖洞

所有的仗　一打就大了

军号响起就充满了悲壮

歼灭战　消耗战

破袭战　伏击战

运动战　阵地战

险途上练就的一个个战法

在太行得到了实战的衡量

子弹溅起的火星和烟尘

熏黑了山谷中喊杀的声响

勇士跃动的剪影和形象

增加了群峰的高度和重量

长矛　刺刀　甚至锐利的竹签

一起刺穿敌人的胸膛

冲锋　前进　几个回合下来

懦夫也有了勇士的形象

敌人流出的鲜血

壮大了军民战斗的胆量

烈士临终的呐喊

激励战士奔赴新的战场

也许只有砖壁的老槐树记忆最深

也许只有麻田的砖瓦房不会遗忘

敌后抗战的心脏

是如何强劲地搏动起

风起云涌的辉煌乐章

山一般质朴的百姓

是如何与英勇的八路军一起

赢得血与火浇铸的辉煌

难怪 从此以后

不论风和日丽

还是雨雪交加

王家峪山坳里那棵

总司令亲手种植的红星杨

总能蓬勃地向上生长

不论是在庆典的时刻

还是在追忆的时光

八路军总部旧址里的

一张桌子 一把椅子

一顶军帽 一双布鞋

都能让人产生无穷的遐想

那个长眠在太行山的将军

终于能够安息了

他那没有见过面的儿子

终于以将军的身份

匆匆地来到了太行

五十年　五十年过去了

那山崖上石头垒成的将军屋

依旧是往日的模样

那曾为将军牵马的马夫

依旧默默守护在山上

五十年　五十年才回到出生地太行

五十年才把花篮敬献到父亲坟上

抗战纪念馆那个年轻的姑娘

流着热泪诉说她的感想

但愿从太行走出的人们不要说忙

但愿不要把烈士孤零零地留在太行

但愿久居都市的政权

不会把太行的一草一木遗忘

不会找不到曾经的故乡

那个进城后耐不住寂寞

又常常回访太行的老首长

我只看见

他恋山的神情一如既往

那时　他和许多山里汉子一样

辞别了白发的爹妈

辞别了温柔的新娘

辞别了难舍的山庄

面对着狼烟四起的太行

他们用扛惯犁铧的肩膀

扛起了土炮和洋枪

扛起了鼓满长风的激情

扛起了坚定无畏的信仰

队伍就这样像返青的野草般

迅速壮大

迅速汇成山洪般不可阻拦的

态势和力量

尽管不断有人在战斗中倒下

化作了胜利后漫山的花香

尽管纪念碑没有写全他们的姓名

但他们忘我的境界和荣耀

比任何碑文都厚重和闪亮

难怪每一次回到太行

老首长总要一个人漫步山冈

默默地寻觅　默默地回想

他和山脉间的无言对话

也许只有时光听得最为响亮

啊　连绵起伏的太行

总有风昼夜起伏鼓荡

风中壮烈的头颅和背影

都已化作了高高的山梁

风中倔强的树木和小草

都已长出了坚实的脊梁

并不是所有的石头

都有这样的灵魂

并不是所有的山峰

都有这样的形象

并不是所有的幽谷

都有这样的传说

并不是所有的生命

都有这样的思想

啊　太行　太行

万仞群峰托起前进的路标

默默地注视着我们的选择
注视着走过硝烟和风雨的旗帜
会不会继续硝烟和风雨中的信仰

34

在那个年代
在广袤的平原和山脉
普普通通的村庄
普普通通的百姓
咬着牙齿　攥紧拳头
把眼泪和亲人的尸骨掩埋
然后　用热血点燃复仇的火把
举着旗帜
举着马灯
举着世代耕作的铁锨和镢头
举着自制的火枪和长矛
在鬼子"三光"的淫威下
一片一片站了起来

大地被织成了一张网
血脉般畅通的地道四通八达
在地表深处埋伏的神兵
总会突然闪现在鬼子的背后
总会出其不意地
在敌人柔软的腹部或颤抖的脚跟
重重砍上一刀　放上一枪
然后奇迹般地消失在门前和屋后
当鬼子无头苍蝇般横冲直撞
当他们猛兽般张开血盆大口

从树洞从碾底从烟囱

就会突然甩出

一排排夺命的手雷

从井口从马槽从墙洞

就会突然冒出

一丛丛复仇的枪口

门楣　窗口

锅台　炕头

柳树林　青纱帐

老寺庙　新坟头

密密麻麻的铁道和公路

大大小小的桥梁和码头

随时随地都可能发生

后来被拍成电影写成小说的

那些惊心动魄的镜头

地雷　水雷

铡刀　锤头

老柳笛　土琵琶

红缨枪　鸡毛信

高高低低的消息树

远远近近的大铁钟

这些当年极为普通的东西

后来都收进了博物馆

写进了教科书

都嵌入了虔诚者崇敬的心头

那朵凋谢在黄土岭上的"名将之花"[1]

至死不明白为何会衰亡枯萎

那群腐朽在大平原的尸骨和钢盔

再也无法载着武威凯旋

因为　在染满血污的焦土上

那些已熟悉与战争周旋

已学会牵着鼻子打鬼的庄稼人

像了解土地的收成一样

了解了生命的本质和含义

了解了民族的力量和前途

了解了眼下的搏杀和战斗

了解了未来的幸福和自由

难怪他们坚毅的嘴角

面对屠刀　总露着自信的微笑

难怪他们淳朴的眼睛

战斗之中　总闪着对胜利的渴求

难怪神出鬼没的

武工队　自卫队

敢死队　飞虎队

游击队　雁翎队

总能奇迹般穿行于敌人的后方

形成坚不可摧的堡垒

难怪笔直地站着的

高粱地　玉米地

老柳条　小杨树

红荷花　绿芦苇

总能奇迹般举起长长的刀片

戳进敌人的血管和心肺

许多被称为烽火少年的小英雄

在本该上学的年龄

却走上了抗日的战场

他们敏捷地穿越公路网　碉堡群

就像冲刺体育场上的百米终点线

他们潇洒地出入敌炮楼　封锁沟

就像出入商场里的玩具市场

他们在本该迷恋故事的季节

用营养不良的血肉

为我们写下了

丰富诱人的故事和诗章

他们在本该学习绘画的岁月

用拔节的骨骼和信念

为我们塑出了

一尊尊生动的雕像

我终于明白了

为什么邻居那个

已经做了爷爷的烽火少年

在黄河涨水的时候

在高粱变红的时候

总要独自坐在岸边或田间

痛快地饮一杯浓浓的红高粱酒

那穿越肺腑的感受

火辣辣地蔓延着

烽火岁月中所有的激情和豪爽

35

已经过去很久了

那些在残暴的屠杀中幸存的人们

那些在疯狂的施暴后悔悟的人们

大都相继作古　化为了泥土

带走了笼罩心头的惊恐噩梦

带走了寝食不安的累累罪行

而那曾遭血洗的千万座城镇乡村

却总是听到来自异域的不祥的声音

军国主义不散的阴魂

总是给和平的大地投下阴影

尽管在东京审判的国际军事法庭上

那蘸着鲜血写成的长篇控诉

那用白骨和头颅堆起来的真实证言

已让密谋杀人的元凶

体验到了被杀的命运

然而　善良的人们却没有读出

被推上绞刑架的恶魔们

目光里仍写满了复杂的内容

没有读出他们的某些同伴和子孙

面容上兔死狐悲的表情

难怪每当阳光照彻八月的窗扉

和平的白鸽飞满高远的天空

总有几片乌云

从靖国神社飘出

总有几个政客

做一些触犯众怒的事情

那个叫东史郎的耄耋老人

原也是魔鬼般的士兵

原也犯下过不可饶恕的罪行

只因为　他用日记的形式

以亲历者的身份和目光

记下了他们残忍无度的暴行

记下了疯狂的屠杀中疯狂的士兵

记下了疯狂的士兵扭曲的心灵

只因为　他用忏悔的笔触

以谢罪的语言和心情

说出了对往事的真切体会

说出了对和平的渴求

说出了对战争的痛恨

他便被某些魔鬼和魔鬼的传人

视为异类 视为叛徒

并且扬言要让他不得善终

面对企图掩盖罪行的法庭

东史郎显得力不从心

面对正在膨胀的

妄想否定历史的逆风和暗流

善良的人们尚不清醒

东史郎的败诉

绝不是一桩普通的败诉

至少 正义在某些国家

还远远得不到弘扬和认定

东史郎的奔走呼号

绝不是一次短暂的行程

或许 直到生命的尽头

他的日记也得不到真正的承认

因为他面对的是一个

不愿面对历史的法庭

因为他面对的是一群

总想重温旧梦的面孔

那些勇敢地站出来的慰安妇

原也是美丽的少女

原也有幸福的家庭

如果不是魔鬼掳去了她们的躯体

如果不是强盗榨干了她们的青春

她们就会在阳光来临的时候

穿上新衣　走上大街

燃起鞭炮　舞起龙灯

她们就会在鸽子飞翔的时候

掀起盖头　当上新娘

生儿育女　赡养老人

我说不清　比起那些

早已惨死在魔爪下的姐妹

她们的命运是悲惨还是幸运

心灵和肉体的双重伤痛

伴随了她们孤苦伶仃的一生

不堪回首的屈辱和噩梦

巨石一样悬在她们柔弱的头顶

我不敢想象　那些曾经

野兽般折断她们幸福的日本兵

是不是正在子孙的孝敬中颐养天年

是不是已将往事忘得无影无踪

是不是对她们的处境无动于衷

就好像什么都没有发生

我不敢预测　面对她们

早已被摧残的躯体和心灵

面对她们枯瘦如柴的羸弱面容

面对她们要讨回公道的苍老神情

那个自诩高度文明的政府

会不会在对历史深刻的反省中

用行动向她们表示悔罪和同情

历史就是历史

它不需要谁去承认

也不会被谁否定

罪行就是罪行

只有深刻去反省和悔悟

才不会犯下更大的罪行

伤痕就是伤痕

它不会因为掉了血疤

就不再隐隐作痛

已经过去很久了

所有的往事都已凝成了

纪念馆里千姿百态的浮雕群

尽管丰收的每个情节

已在半个世纪前顺利完成

然而关于收割的程序

却值得我们的党　人民和军队

世世代代　牢牢铭记　并且

认真思考　反复汇总

尽管战斗的每个章节

早已写进了固定的历史书中

然而关于修改历史教科书的举动

却值得所有善良的人们

不断谴责　时刻警醒

　　[1] 1939 年 11 月上旬，晋察冀部队在第一二〇师的配合下，进行了黄土岭伏击作战，歼灭日伪军九百余人，击毙日本独立混成第二旅团中将旅团长阿部规秀（在日本军界被捧为精通山地战的“名将之花”）。(见《中国共产党的七十年》第 182 页，中共党史出版社，1991 年 8 月版，1999 年 6 月印刷）

第六章　重说解放

历史的巨笔啊
自信而又从容地
书写着
伟大的故事
和神奇的诗篇
　　　　　——题记

36

重说解放
我唯一感叹的是学识的肤浅

每当我翻开革命的巨著
总能读到火焰般跃动的诗典
南湖红船　南昌枪声
井冈翠竹　草地雪山
延安窑洞　太行风雨
都在不同时代的诗人们笔端
闪烁过繁星般众多的灵感
然而　关于解放
关于决战
却很少有人为之寄情抒怀
就连诗坛上那些灿烂的星辰
也没有为之吟哦完整的巨篇

其实　并不是那恢宏的解放

缺少诗意　没有诗眼

也不是那盛大的决战

缺少激情　没有浪漫

而是各式各样的修辞手法

都很难将其描述和表现

无论口语还是方言

都无法模仿那排山倒海的呐喊

无论夸张还是拟人

都无法再现那纷呈壮观的场面

即便是调动起唐诗宋词中

所有铿锵浩荡的声律

也无力抒发喷涌的情感

即便是采纳了碑石篆刻中

所有简洁明了的定义

也难以刻画得丰满凝练

可以说　随便从任何一次战役

撷取任意一个片段

也足以使擅长赋诗作画的天才

自惭形秽　顿足长叹

可以说　随便从任何一位将士身上

选择任意一个侧面

也足以让长期研究人生的学者

热血澎湃　折服赞叹

当我为了完成虔诚的献礼

不得不试图描摹那壮阔的画卷

我发现啊　那已渐渐远去的

立体的旋律和多重交响

无法用马蹄声碎战刀霍霍来吟哦

无法用枪声炮声涛声风声来咏叹

光是那些著名的战役和战将

光是朝夕变化的力量和局面

已使我感到脑海里的文字

都是那么苍白而又黯淡

只有尽情去畅想

才能真实地聆听到英雄的呐喊

只有用心去遐思

才能真切地触摸到战争的华彩乐章

还是让我用阳光打露水

来比喻决战的气度吧

还是让我用飓风扫残云

来形容解放的壮观吧

尽管表述还是不够形象

意境也欠丰满

但在寻找这些比喻的过程中

在仔细品味戏剧般演绎的战争时

我已寻觅到了决定胜负的定律

谁能站在真理的最高点

谁就代表正义

就能紧握正义的利剑

谁就赢得胜券

从每一道小溪

到每一条大江

从每一块石头

到每一座高山

从每一道闪电

到每一场风雨

红色岁月　红色历程　红色史诗　红色经典

从每一抔黄土

到每一片家园

历史的巨笔啊

蘸着欢歌和泪水

蘸着滚烫的血和汗

一笔一画　深刻而又舒展

自信而又从容地

书写着

一个伟大的政党

一支伟大的军队

一个伟大的民族

在长期的播种

和辛勤的耕耘之后

开始大面积收割的

传奇的故事

和传奇的诗卷

啊　当我真切地与历史娓娓交谈

竟感到那沸腾的岁月仿佛就在昨天

当我沿着先辈的足迹走回从前

才发现久久追寻的理想并不遥远

当我掩卷沉思　畅想未来

一声浑厚的叮嘱总在耳畔回旋

只要用带火的信念把生命点燃

灵魂和思想就会免遭污染

只要扬起战斗和前进的风帆

每个人都会成为英雄好汉

37

重说解放

首先应提及著名的重庆谈判

那时候　抗日的烽火刚刚熄灭
内战的硝烟便腾空弥漫
来不及品味喜悦的人们啊
心头又笼罩起浓浓的云团
明天和未来即将面临的
是幸福　还是苦难
是和平　还是征战
整个中国甚至整个世界
都睁大双眼　焦切地注视着
延安和重庆　注视着
毛泽东和蒋介石　注视着
他们行为举止间的
每一朵笑容
每一缕沉思
每一个打算　乃至
每一句言辞中隐藏的
每一层寓意
每一种内涵
以及由此掀起的
每一次波动
和每一场迅疾的
风云变幻

对于水火不容的两个政党
本来就缺少谈判条件
对于长期交战的两支军队
本来就很难握手言欢
或许是为了掩人耳目

或许是为了寻找借口

蒋介石一手去抢占胜利的果实

一手向毛泽东递来和谈的请柬

他本想借三顾茅庐的假象

把内战的责任推给延安

他本想用这致命的一将

把毛泽东逼到历史的墙边

却不料 从不屈服的毛泽东啊

在深思熟虑之后 轻松地

微笑着接过了那虚假的请柬

为了教育群众 也为了团结朋友

为了争取和平 也为了揭穿阴谋

他毅然决定离开从未离开过的

窑洞和宝塔 人民和军队

毅然决定前往重庆 从容赴宴

善良的人们啊心头凝结着沉云

担心这又是一个险恶的鸿门宴

因为那些忠义的骁勇之士啊

已有过太多苦涩的前车之鉴

而此时此刻的毛泽东啊

已将个人的安危搁到了一边

明知山有虎 偏要上虎山

他耐心地说服了战友和全党

精心准备好谈判的方案

然后 坚毅而又沉稳地

用扭转乾坤的大手

频频挥动盔式帽

向送行的人们挥手再见

那无比轻松的表情

就像是去多年未走动的亲戚家串门

那潇洒自如的言行
绝看不出即将面对的是严峻的考验

啊　翻阅千年交战的历史
曾有过无数精彩绝伦的谈判
或是为了和
或是为了战
不辱使命的使者啊
口若悬河　气如刀剑
舌战群儒　大义凛然
那绝妙的情节激越的场面
使历史的剧场绚丽灿烂
而这一次谈判更不同于以往
不仅仅只有大仁大智大勇
不仅仅为了开价讨价还价
也不仅仅是凭借伶牙俐齿
作一次慷慨的游说和表演
是为了人民的利益
不被狡猾的敌人抢占
是为了和平的局面
变得更加长久而又直观
也是为了正义的力量
牢固地站在人民的一边
总而言之
作为统帅的毛泽东出发了
向着陪都　向着曾悬赏过他
并且与他无数次较量过的对手
伸出了友好而又不屈的大手
伸出了感召日月的风骨和尊严

啊 敢于蔑视死亡的人

才是伟大的豪杰

敢于赢得胜利的人

才是真正的好汉

或许是过高地估价了自己的计谋

或许是过低地估计了对手的气胆

面对突然抵达的毛泽东

面对渴望和平的人们

面对沸腾的山城 沸腾的河山

蒋介石举棋无措 手忙脚乱

一面加紧备战 一面假意和谈

这是一场双方知彼知己的政治较量

谈判的斗争格外复杂而又艰难

前方在打 桌上在谈

以打对打 以谈对谈

针锋相对 寸土必争

打得越漂亮 消灭得越彻底

谈判就越有力量 谈判者就越安全

啊 对于毛泽东的了解

最清楚的当数蒋介石

而对于蒋介石的认识

最透彻的莫过于毛泽东

他们一个凭借后台和面具

咄咄逼人 暗藏杀机

一个靠着胆略和智慧

据理相争 沉着稳健

毛泽东言语中蕴涵的艺术

成了文人骚客们评说谈论的焦点
毛泽东行动中透射的魅力
成了历史画卷中最为精彩的片段
当《双十协定》草草签就
当和谈的假戏落下帷幕
当双十节的酒宴上
两位对手平静地举杯碰盏
毛泽东感受到的
是蒋介石浅淡的笑容里
深藏着的决战前夕的
不可告人的阴谋
蒋介石领悟到的
是毛泽东爽朗的性格中
洋溢着的一如既往的
成熟老辣的胜算

如今　那惊心动魄的四十三天
那依依送行时的情景
那直面交锋的唇枪舌剑
已在摄影师的镜头里
化作了挥手的瞬间
已在历史的诗典里
化成了祥瑞的雪天
我相信　作为翻越雪山的领路者
对于雪　毛泽东谙熟于心
站在历史赋予的最佳视角
他吟雪的眼光别具特点
那场飘着黄土高原神韵的
《沁园春·雪》一旦问世便
纷纷扬扬　一片一片

落入久已干渴的田园

落入赏雪者缺水的心坎

整个重庆　乃至整个白区

都曾淋漓尽致地感受到了

马背诗人的气魄和伟力

感受到了延安的胸怀和信念

忧心忡忡的人们

板结于心头的激情和渴盼

在飞舞的雪花滋润下

悄然融化　悄然裂变

沉睡的种子和沉睡的心灵

悄然睁开了惺忪的睡眼

我相信　那时的毛泽东

肯定是站在时代的制高点

才阅尽了万里河山的千种容颜

才使山舞银蛇的北国

和层林尽染的江南

沿着雪花的路径

走进了笔端

也才能在浩瀚的辞海里

极熟练地捞起

那几个金子般的字眼

并且用纵横捭阖的狂草

和洒脱奔放的韵律

沿着蜿蜒而去的河流峰峦

挥洒驰骋天宇的风雨雷电

尽管在岁月的长河中

四十三天屈指可数　极为短暂

而那飞舞的雪景中

发生的数不清的故事
却用雄伟和豪迈的气魄
简洁而又准确地
装点了那个时代的花篮和文献
装点了我们执着的理想和信念

哦 "俱往矣
数风流人物
还看今朝"
每当我在昼夜兼程的途中
观赏到瑞雪在长风中的造型
总要情不自禁地吟诵
这首众口皆碑的红色经典

38

真正的较量
是从保卫延安开始的

那时候　当和平之门
被蒋介石重重地关起
当写在纸上的脆弱的协定
被进犯的枪炮粗暴地撕毁
历史再一次用焦虑的眼神
急切地关注着延安
关注着平平常常的窑洞里
曾一次次扭转乾坤的智者
如何应对洪水般来犯的强敌

首先是站起来的人民

领会了领袖的意图

让出一座空城给蒋介石

让其在世人面前输理

他们很早就完成了

坚壁清野 撤退转移

决不让一粒粮食一件衣物

轻而易举落到敌人手里

首先是成熟了的军队

看清了前方的道路

让敌人尝一点微小的甜头

让其在得意时沾沾自喜

他们很早就打算好

撤离圣地 上山游击

敌来我走 敌驻我扰 敌疲我打

传统的战法在陕北创造着新的奇迹

这一次撤离不同于井冈山

一切都在井井有条中结束

在场的外国医生也连声感叹

在任何国家首都的撤退中

延安的转移最有秩序

最后撤离的是人民的领袖

他看过文件 批完电报

写好信件 然后平静地

对着地图开始抽烟沉思

枪声越来越急迫 越来越密集

他却一点没有要走的意思

将军和士兵都催他赶快上路

他却风趣而又幽默地说

过不了多久还要回来

把房子打扫干净

把带不走的书摆放整齐

让胡宗南的士兵

读一点马列主义

这时候有人才忽然想起

毛泽东早就有言在先

要看看胡宗南的兵

是个什么样子

接下来的转战更富有诗意

风里雨里写下了绝妙的神笔

大军过处不留下一丝痕迹

恼怒的敌人只好拿自己撒气

长长地弯弯地兜着圈子

绝不是和敌人做徒劳的游戏

看准时机巧妙地集中一击

那些狂傲的师长旅长啊

不是被俘虏

就是被击毙

其余的敌军啊

进又不敢进　退又不让退

精疲力竭　丧失了战斗的勇气

哦　黄土坡　丘陵地

成了他们走不出的迷魂阵

哦　蘑菇战　歼灭战

成了他们的集体葬礼

或许是由于战争的残酷

或许是由于兵力的悬殊

毛泽东和他的队伍啊

也常常走到危险的境地

也常被逼得没有退路

而军队的统帅和首领们啊

却从没有越过黄河一步

人民和领袖始终在一起

领袖和军队从来不分离

哦 一次次狭路相逢

又一次次擦肩而过

一次次追到眼前

又一次次突然消失

绝境之旅 一条条被引申出去

惊险情节 一个个被化险为夷

啊 危局之中

领袖就是一面旗帜

旗帜不倒

定能把握住胜利的契机

不论是枪炮齐鸣还是飞机轰炸

不论是在窑洞还是在行军途中

领袖们的神情都是泰山般稳固

炕沿 缸盖 碾盘 石头

随处一坐 就是办公的桌子

摊开地图 便看到奇谋

卷起地图 已胸有成竹

每一次遇到情况紧急

依旧是在队伍的最后撤离

依旧是把住过的窑洞打扫干净

依旧是把老乡的用具一一还清

依旧是把损坏的东西照价赔偿之后

挨门挨户道谢别离

面对强敌　应学会避实就虚

一味防御　倒不如主动出击

就像是一盘精彩的棋局

毛泽东一边指挥陕北决战

一边和对手开始中原逐鹿

哦　千年历史的无数豪杰

都有过一个相同的共识

谁想统一中国

谁就要控制中原

中原逐鹿

鹿到底会死在谁的手里

当刘邓大军跨过黄河

千里跃进大别山中

一把锋利无比的钢刀啊

已深深地插入了对手的胸脯

这一个瑰丽奇伟的事件啊

扭转了整个决战的格局

啊　毛泽东和蒋介石棋逢对手

黄河为界　举子无悔

过河的卒子所向无敌

毛泽东这高远聪慧的一着

蒋介石直到全盘输定

始终没想清输在哪里

啊　回望转战陕北的艰苦岁月

有许多令人怦然心动的奇迹

我曾对转战的过程做过仔细考证

始终没有完全研究清楚

为什么延安处在绝对劣势

却取得了绝对优势的胜利

还是那一次爷爷和老战友聊天

我在旁边听到了获胜的真谛

无论环境多么恶劣

只要他们一想起

领袖和他们一个样

他们和领袖在一起

心里就有了劲头

脚下就有了力气

胜利就有了希望

困难就变得容易

难怪他们在交谈的时候

常常异口同声地赞叹

真正与群众同甘共苦的领袖

才有资本给人民讲述革命的道理

真正先天下之忧而忧的人啊

才有资格领着人民创造辉煌的奇迹

39

重说解放

不能不说起那个叫西柏坡的村庄

也许这正是中国的特色

革命一起步就在农村酝酿

从秋收起义的星星火炬

到井冈山中的短刀长枪

从万里长征的艰苦跋涉

到延安岁月的发展成长

无数大大小小的村庄啊

赋予了革命丰盛昂贵的营养
也许这正是中国的道路
战斗一开始就在山水间打响
一次次突出重围
一次次穿过屏障
一次次出奇制胜
一次次英勇较量
蜿蜒的山脉奔腾的江河啊
曾给过我们无穷无尽的力量

当解放的交响曲
弹奏到战略决战的乐章
又是一个小小的山村
成了搏动革命的心脏
又是一条河从脚下流过
歌唱着奔向光明的意志和理想
又是一道山在身旁耸立
记录着烽火年代的骄傲和辉煌

那时候的西柏坡拥挤而又繁忙
闪烁的灯光天天迎接早晨的太阳
无线电波就好像革命的神经
连起了四面八方所有的战场
那时候的领导人传奇而又平常
放羊的老汉能见到闻名的战将
就连毛泽东偶尔也去山坡散步
向他询问收成　和他研究土壤
那时的天气啊已度过了严寒
奔泻而来的是暖暖的阳光
惊雷一声声掠过时代的长空

烈风一阵阵卷起民族的热望
那时的战场啊宏阔而又壮观
南北东西都燃起反攻的火光
毛泽东像是一位出色的指挥
统领着伟大而又壮丽的合唱

哦　请不要感叹西柏坡太小太偏
它打一个喷嚏
南京的总统府就会发生十级震荡
请不要感叹这里的平房太矮太窄
它正挥动着如椽的巨笔
描绘万里河山的崭新形象
请不要感叹那时的条件过于简陋
正是那艰苦朴素的作风
使党和群众的脉搏同频跳荡
请不要感叹那时的机构不够威武
正是那精干利落的班子
导演了三大战役的千古绝唱

四个月零十九天杀声染红的日子
西柏坡在史册上写下光辉的篇章
先是捉住了辽沈的"瓮中鳖"
再是吃下了淮海的"夹生饭"
然后在华北缚住"惊弓之鸟"的翅膀
去首斩尾　赢得了北平和平解放
哦　或许是太频繁了
我们来不及分析决战期间
那每一道电报和命令的韬略思想
或许是太广阔了
我们顾不上描述战争之中

每一个细节和每一次战况
或许是太神奇了
我们无法找到一个恰当的比喻
形容那频传的捷报和胜利的欢唱
或许是太普遍了
我们无法深入每个将士的心中
体会他们冲杀时的所思所想
总之　每个人的呐喊
都在黎明前透射着金属的声响
总之　每个人的生命
都随着历史的巨变一起闪光
总之　每个人的骨骼
都在战火中冶炼成了山的形象
总之　每个人的血液
都翻卷着长江的巨涛黄河的急浪
总之　一百五十四万敌军的消亡
记下了从西柏坡的领袖们
到前线千百万冲锋的将士
共同的心声和共同的感想

啊　用热血浇灌的土地
都有好的收获
用生命铺就的道路
坚实而又宽广
决战的百万雄师正是这样
勇猛地冲　顽强地杀
威武地奔向胜利的远方
在旗帜下翻动和平的翅膀
在火光中隆起民族的脊梁

哦 战争进入这样一种阶段和境界

已经没有了当初的艰难和悲壮

运筹帷幄的将领 豪情高涨

转战围歼的士兵 神采飞扬

劲往一处使 心往一处想

一切为胜利 一切为解放

厮杀的声响像解冻的冰排

冲锋的身影像奔涌的巨浪

风一般掠过 雷一样滚过

文韬武略 相得益彰

大军席卷 烟消云散

山也昂首 水也欢唱

大军过后 鸟语花香

雨也明丽 雾也透亮

如今 那伟大的三大战役

和西柏坡的平房山梁

已走进一幅多彩的油画

挂在了纪念馆正面的墙上

我的父亲和一些离休的老人参观时

一眼就看出了自己在画面上的模样

尽管在解说员娴熟的讲述中

都是密集的枪声和隆隆的炮响

我和年幼的儿子却很难完整地

想象出战火中血肉横飞的景象

尽管在老人们感慨的议论中

都说搞建设也要有吃"夹生饭"的胆量

我和天真的儿子却很难说清楚

有些人会不会有那么大的气魄和肚量

当我来到景仰已久的西柏坡
虔诚地拜谒书写过神圣的地方
那几间略显暗淡的平房啊
寂静得听不到一丁点声响
只有那些已被岁月风化的照片
让人想起零零散散的战争时光
只有那些沉默无语的桌椅板凳
在静静地把当年的主人们回想
那个和我一起步入房间的将军
感叹这里才是军人必修的课堂
他说因为那些扭转乾坤的壮举
都曾发生在这平平常常的地方
如果当今的军人把它研究透彻
定能在未来决战中创下新的辉煌

40

"向前　向前　向前
我们的队伍向太阳
脚踏着祖国的大地
背负着民族的希望
我们是一支不可战胜的力量
我们是工农的子弟
我们是人民的武装
……
我们的队伍向太阳
向最后的胜利
向全国的解放"
唱着雄壮激越的军歌
我走回了决战时期的战场

那时的革命啊

已完成了长久的酝酿

已从暗夜走到了黎明

已从峡谷走上了山冈

像黄昏时涨起的潮水

汹涌澎湃　翻滚鼓荡

像拂晓前喷吐的地火

一泻千里　势不可挡

两三天甚至几个小时

一座城市就回到了人民的手上

一两个月甚至十几天

前线就变成了稳固的后方

哦　没有枪　没有炮

敌人给我们造

缺少衣　缺少粮

敌人替我们想

在硝烟之中　在决战疆场

武器和物资的流程

总是按照美国——蒋介石——战场

源源不断地流到人民的手上

难怪那时人们总习惯地戏称

蒋介石是我们的"运输大队长"

当英雄的花朵

开始一片片蓬勃地开放

当解放的曙光

开始闪耀在民众的心房

那个不甘退出历史的政府啊

又打出和谈招牌装模作样

是停止前进 划江而治
还是革命到底 迎接全国解放
不同表情的目光 又一次
不约而同地集中到毛泽东身上
打过长江去 解放全中国
毛泽东斩钉截铁 出言铿锵
如果坐下谈判 条件只有一个
站到人民一边 丢掉任何幻想
那是一种多么盛大的场面啊
那是一部多么豪放的乐章
西起九江 东至江阴
百万雄师 千里战线
万船齐发 横渡长江
烈火把白帆和面容映得通红
如林红旗在火光中迎风飘扬
固若金汤的防线不堪一击
人民战争的伟力势不可当
当长江还在炮火中喘息
胜利的旗帜已插上了南京城墙
这座经历过太多风雨的城市啊
终于焕发出新生的容光

啊 捷报追赶着捷报
飞回北平 飞回后方
南京解放 杭州解放
南昌解放 上海解放
江南的山山水水啊
沸腾起春潮般的解放热浪
按说面对如此辉煌的战果
应当有难以言表的喜悦

应当有无穷无尽的感想

应当讲很多的故事

应当写很长的文章

然而　毛泽东却极为凝练地

把一个王朝的覆灭

和革命胜利的壮举

用七律的形式

浓缩成寥寥的八行吟唱

"宜将剩勇追穷寇

不可沽名学霸王"

哦　这两句裹在中间的诗眼

一定是吟诗者最想抒发的期望

将革命进行到底

一定是他在诗中要表达的思想

啊　这首著名的七律蕴藏的

不仅有泼墨中原的钟山风雨

更有豪健雄奇的韬略和主张

不仅有气吞山河的磅礴态势

更有深邃的神韵豪情浩荡

我想　毛泽东一定是把南昌枪声

押成了这首诗的韵脚

一定是用井冈群峰

奠定了这首诗的碑座

一定是把四渡赤水的往事

渗入了这首诗的内涵

一定是用三大战役的气度

渲染了这首诗的意象

我想他在沉思吟哦的时候

一定也曾想到了李自成 牛金星

一定也曾想到了洪秀全 杨秀清

甚至还想到了孙中山 陈独秀

甚至还想到了杨虎城 张学良

我想 这首诗是他在历史转折关头

奉献给时代的又一部有力的代表作

也是胜利接踵而来时

为全党提出的行动大纲

许多年后 我们仍能读到

高度凝练在诗句中的

一种信念 一种伟岸

一种精神 一种笃诚

一条走向成功的真理

一种不朽不灭的思想

他那蕴涵在诗中的情感和热望

已随着鲜红的血液一道

流到了年轻一代的身上

难怪如今我们面对变幻的风雨

总和他那时的解决方式基本一样

41

重说解放

还应说一说决战的将军和士兵

一场战争的输赢

的确是由谋略的高下而定

而整个战局的胜败

总是朝民心所向的方向进行

只有人民利益的代言人啊

才能在血火交迸的决战中

书写辉煌　书写传奇的故事

书写亮亮堂堂方方正正的人生

那些在决战中一败再败的将领

并不是不懂得运筹帷幄

并不是不愿意纵横驰骋

并不是没有过人的胆识和才智

并不是没学过决战的法则和要领

他们也曾是北伐先锋

也曾有过威震四海的赫赫战功

他们也曾是抗日名将

也曾有过名扬天下的传奇人生

他们和决战的对手

也曾是黄埔校友　同窗弟兄

他们和决战的对手

也曾经并肩作战　师出一门

只因为理想的选择出现了偏差

他们战斗的队形没有了从前的阵容

只因为站在了与人民为敌的立场

他们败北的结局从开始就已注定

啊　伟大的历史铺开了伟大的战争

伟大的战争书写着伟大的人生

透过时光的橱窗　我看到

那些率领人民决战的大小将领

目光是那样自信　表情是那样从容

行动是那样果敢　语言是那样坚定

只因为他们是人民推崇的英雄

一上战场便能获得黄金的收成

只因为他们的追求是人民的追求
他们的行动便得到了历史的认同
他们是百万大军的统帅
身上却仍然打着粗布补丁
他们虽然当上了军长司令
却和士兵一起住着茅草小棚
城市解放后 他们首先询问的
是群众的衣食住行
天气突变时 他们最先感到的
是士兵的温饱寒冷
如今 当我们重新研究
他们的脉管和信念的构造
那以刀剑的造型延伸的意志啊
原来就是大地上古老的长城
如今 当我们重新赏析
他们的精神和灵魂的内涵
那用血汗凝成的壮丽诗篇啊
正是我们用之不竭的思想矿藏

那个在战斗中反正的士兵
是为了还债被捆进兵营的壮丁
当看到穿过硝烟的队伍
并没有进村打扰已经休息的百姓
当看到官兵一起铺开稻草睡在树下
他便毅然投入到解放的行列之中
当他懂得了为谁打仗为谁当兵
才发现自己原来也是一条好汉
枪声一响 立刻变得勇猛无穷
哦 "军队向前进 生产长一寸
加强纪律性 革命无不胜"

每当大战前夕和胜利之后
他都要对新来的战士这样吟诵

后来走进电影的那个小兵
扛起高过头顶的步枪
穿起肥肥大大的军装
随着老兵一起出发了
向着阵地　向着堡垒
向着胜利　向着光明
一路战斗　一路冲锋
一路歌声　一路笑声
蓬勃骁勇的力量
在他年轻的脉管里奔涌
坎坷泥泞的道路
被他的双脚一段段踏平
他随着大军奋勇向前
追赶太阳　追赶真理
追赶前方的自由和光明
没有人来得及问他想了些什么
是否想到了报酬
是否想到了牺牲
人们只看到他青春的背影
在火光中是那样鲜活而又生动
多年后当有人打听小兵的下落
一个曾采访过他的战地记者
老泪纵横　泣不成声
他说小兵和那个反正的老兵
都已走进了纪念碑的浮雕
都已长成了墓园里的青松
都已化成了共和国最动人的风景

42

重说解放
最重要的是要说一说亲爱的人民

人民是一种神奇的力量
是一种巨大的精神
是民族的物质和阳光
是革命的树叶和树根
人民有着高山一样的性格和品质
人民有着大海一样的气量和胸襟
他们常常是在不被注意的地方
冷静地注视着
庄稼的长势
认真地分析着
风雨中的每一种声音
沉着地关注着
岁月里的一举一动

最能驱走严冬的是人民
手臂一伸　就托出一个暖暖的早春
最能消灭黑暗的也是人民
眼睛一睁　世界就会迎来黎明
人民平时不爱吹嘘
其实他们只用一把锄头
就能锄掉一个政权的性命
人民平时不善言谈
其实他们一言既出
世界就不得不改变乾坤

啊　人民　人民　人民是谁
是你　是我　是父亲　是母亲
是千千万万普普通通的老百姓

在那捷报像鸽子般飞舞的年代
一位元帅深有感触地说过
盛大的决战其实是人民
用长茧的肩膀挑着革命
用吱吱呀呀的小车推着历史
在神话般的故事里一步步前行
其实是人民和我们一起
拨动决战的车轮
碾碎了腐朽的制度
撞开了胜利的大门
那位指导战争的最高舵手
也早已在实践中得到了深刻的结论
"战争的伟力之最深厚的根源
存在于民众之中"
谁说不是呢　谁说不是
光是淮海战场上那两百多万民工
就已经是一个鲜活的例证
谁说不是呢　谁说不是
光是辽沈战役中星夜带路的女向导
就已经用行动把一切都说明

哦　革命的战争是人民的战争
人民的战争要靠人民来取胜
人民和军队在战火中相通的心灵
让人体会到鱼儿和水的感情
军队和人民在生产中互助的情形

一如雨后挂在蓝天的彩虹

那双青布鞋面白布底的鞋子
是我奶奶和婶婶熬夜赶做的
婶婶悄悄绣在鞋帮上的红色解放
让那些南征北战的士兵热泪盈盈
班长穿了　送给老兵
老兵穿过　传给新兵
一双用"人民"二字纳成的布鞋
踏遍了祖国的山山岭岭
如今　那双布鞋已经不是一双鞋
而成了一本生动的教科书
摆在军史馆的展台上
向一茬茬新兵传播人民的体温
有一回一位会写诗的士兵
找到我那早已做了奶奶的婶婶
他归队后就兴奋地告诉战友
奶奶是士兵最亲的亲人
他说如果那时的战争是一道风景
奶奶她们就是构成风景的
鲜花和小草　庄稼和树林
他说如果那时的战争是一部史诗
奶奶她们就是组成史诗的
色彩和神韵　歌声和鼓声

哦　我真心敬佩京城的那位将军
他离休后　年年岁岁
都要探望我那年迈的婶婶
都要探望那些依旧清贫的房东
每当他说起当年在婶婶家养伤的往事

说起那时碾米磨面缝衣做鞋的情景
已经很少说笑的老姐妹们啊
一下子全变得格外年轻
她们共同的话语是惊讶白发的将军
时隔多年还能记起她们的姓名
老将军忍住盈眶的热泪
说共和国的功劳簿上
人民才是真正的功臣
如果谁忘记了养育自己的人民
谁就是历史和时代的罪人
婶婶连声感谢老将军的这一种感情
并要他向他那已定居异国的一双儿女
转达老区老人们的感激之情
婶婶说也真难为了他们
父辈们之间的事情
他们却年年赶在除夕之前
把过年的礼品邮到乡亲们的手中

此时此刻啊　我多想拜托老将军
请替我转告他那些年轻的接班人
哪怕是再苦再累再忙再紧
也莫忘了常看看前辈们当年的房东
看看他们依旧守在山中的儿孙
问问他们的冷暖
听听他们的心声
因为啊　虽然战火中的斗争已经完成
而没有硝烟的决战和较量
却无时无刻不在紧张进行
道路还很曲折还很漫长
前方还有坎坷还有泥泞

要在前进中稳操胜券啊
还得靠淳朴善良的人民

哦　领着人民彻底摆脱贫穷
是我们政权永远的使命
如果谁铭记住这曾使我们
取得胜利走向成功的宗旨
谁的生命之根就扎得最深
谁的精神营养就最为丰盛
谁就能在风雨来临之时
体会到强大后盾的支撑
如果谁背弃了这个宗旨啊
谁就会丧失信仰
谁就会误入歧途
谁就会被历史无情地甩进
前进路上的垃圾箱中

第七章　十月风景

没有共产党
就没有新中国
　　　　——题记

43

当战斗的枪声
化作吉祥的鸟鸣
当浓浓的硝烟
化作天边的彩虹
当亿万双手臂挽在一起
组成浩浩荡荡的解放队形
当亿万双目光聚在一起
点亮百年追寻的幸福黎明
革命便在十月有了丰硕的收成
十月便成为中国最亮丽的风景

那是一个沉甸甸的金秋
那是一次火辣辣的欢庆
一个顶天立地的民族
一条扶摇腾飞的巨龙
在亘古未有的庆典中
获得了亘古未有的新生
无数伤痕累累的河山

无数饱受屈辱的人民

在前所未有的胜利中

迎来了前所未有的命运

古老的陶俑 精美的铜鼎

拂去了厚厚的灰尘

秦砖汉瓦 唐诗宋词

捧出了雄浑的神韵

盛装的城市 遥远的乡村

在秋风中绽开了欢乐的笑容

咆哮的黄河 蜿蜒的长城

在秋光中透射着不屈的精神

啊 东方红船扬起风帆

开始了举世瞩目的航程

那是一道金灿灿的风景

那是一种喜洋洋的心情

每一方蓝天

都飞翔着整齐的雁阵

都飞翔着白云般的鸽群

每一寸土地

都生长着欢歌和笑语

都生长着琴声和鼓声

火在燃烧 光在跃动

花在开放 水在奔涌

万千枝头分娩的

不再是婴儿的啼哭

不再是母亲的眼泪和父亲的皱纹

锄头和镰刀收割的

也不再是苦难的伤痛

不再是饥饿和贫穷

啊 成熟的大豆和高粱

新生的自豪和自尊

一起沐着闪亮的阳光

涌进了十月的大门

哦 我的亲爱的父亲母亲

我的众多的姐妹弟兄

我的平原 我的高山

我的河流 我的森林

在追寻十月风景的时候

一起走进了十月的风景

哦 我的扎根黄土之中的魂魄

我的承袭大鹏飞天的骁勇

我的理想 我的信念

我的追求 我的憧憬

在赞美十月风景的时候

统统化成了十月的风景

哦 在十月的风景线上

那位风尘仆仆的海外游子

洗去了往日黯淡的神情

他那颗浪迹四海的中国心啊

忽然感到了黄土地强力的磁性

忽然想起了大槐树

忽然想起了黄河水

忽然听到了悠扬的唢呐和竖琴

他捧着鲜花 捧着诗歌

捧着珍藏多年的那一包黄土

昂着头颅 流着自信

奔跑在异国的大街上

逢人便说　我是中国人
我的故乡啊我的亲人
就在东方那迷人的十月风景中

哦　沿着报纸套红的版面
走进十月风景
走进锣鼓阵阵爆竹声声
我看到的是风景背后
生长出每一个收获的
血与火的种子
看到的是血与火的种子
如何在刀与枪的耕耘中
一粒一粒播种下去　并且
在无数的血雨腥风之后
长成了金色时节的
四方平安　五谷丰登
哦　难怪欣赏着十月风景
人们都无比动情地吟唱
"没有共产党
就没有新中国……"
哦　难怪置身十月风景之中
人们都异口同声地赞叹
我们黑头发黄皮肤的祖国
在十月风景中别具风采
她高昂的头颅　楚楚动人

哦　年年迎十月
年年十月景更新
年年庆十月
年年十月好收成

红色岁月 红色历程 红色史诗 红色经典

雁飞 狮舞

虎啸 龙吟

太阳泼洒金色希望

长风浩荡锦绣前程

每一次收获后

都要开始新一轮的播种

每一次庆典后

都要开始新一段的航程

啊 十月风景 如诗如梦

囊括了中国鲜活的生命

哦 年年唱十月

年年十月歌不同

年年说十月

年年十月情更浓

欢歌笑语洋溢新的内容

激动的泪水通体透明

芬芳的果实酬谢汗水

飘香的秋风放飞憧憬

啊 十月风景 真实生动

风景中跃动着拓荒者的身影

啊 祖国 祖国

在你迷人的十月风景中

不论工人 还是农民

不论士兵 还是学生

不论老人 还是儿童

我们都是你怀抱里的

一棵小草 一片树叶

一朵鲜花 一缕彩虹

都是你波涛上破浪的帆

都是你云层里搏击的鹰
渴望飞翔　渴望远行
渴望把一生的智慧和理想
化成你年年更新的十月风景

44

十月风景
是那支进京赶考的队伍描绘的
他们赶考的时节正好是阳春三月
他们赶考的途中正遇上一路春风
每个人都喜上眉梢议论风生
只有队伍的统帅心情最不轻松
他一路上想的说的和做的
都是关于如何让考试取得成功
其实在准备出发之前
他已反反复复地勉励人们
我们进北平　绝不做李自成
绝不能像他那样一进城就蒙
我们要做的事情
就是要一如既往　继续取胜
其实在赶考途中
他就歇在了农民的家中
前半夜　同村干部谈心
听人民讲解赶考时评分的标准
后半夜　在灯下总结
进城后应考时答题的要领

哦　聪明的探索者
总是善于从前人的失败里

避免新的失败

总是善于从历史的伤痕里

避免留下新的伤痕

哦　智慧的领路人

总是善于从过往的经验里

开始总结新的经验

总是善于从已有的成功里

开始收获新的成功

毛泽东是英明的

他首先向赶考的队伍敲响了警钟

毛泽东是伟大的

他首先向人们预言了未来的事情

在赶考前的那次动员大会上 [1]

他语重心长地告诉赶考的人们

不要以为吃惯了野菜

就会对佳肴不动心

不要以为听惯了敌人的谩骂

就能经受住他们的吹捧

不要以为翻过雪山涉过草地

就一定能在京城站稳脚跟

不要以为穿过枪林越过弹雨

就一定能战胜不拿枪的敌人

为了对付糖衣炮弹的袭击

为了走好胜利后的路程

他忠告战友也忠告全党

"务必继续保持谦虚谨慎不骄不躁的作风

务必继续保持艰苦奋斗的作风"

为此　他先从自己做起

立下了胜利后的几条规定

不做寿　不送礼
少敬酒　少拍掌
不以人名作地名
哦　这样的考前动员
怎能不打动人心
这样的赶考这样的人
怎能不考取高分

如今　进京赶考的岁月
离我们越来越遥远
可赶考途中的故事
却越传越具体越生动
这并不只因为如今的岁月
不再有当初赶考的情景
而是面对新的赶考
人们更加怀念那时的考生
这并不只因为如今的考生
失败者太多成功者太少
而是因为所有的输赢成败
都在统帅出神的预言之中

哦　走进新的时代
面对新的赶考
被退回来的赶考者
实在是不算太少
苏联没有考好
东欧没有考好
那些卷起旗帜的党啊
都不知如何完成没有硝烟的赶考
只有我们的国家我们的党

经受住了和平演变的大考

哦 面对新的时代
迎接新的赶考
当初的那些规定和要求
仍值得我们铭记和思考
这并不是为了走老路
也不是为了赶时髦
而是因为啊
考试的题目有千道万道
判分的标准只有一条
答题的方法有千种万种
人民满意始终是不变的诀窍

啊 如今的赶考是开卷大考
人人都是用行动在赶考
要在考试中百考不倒
必须把宗旨一条条记牢
居功自傲者考不好
骄傲自满者考不好
不求进步者考不好
贪图享乐者考不好
经不起糖弹轰击者考不好
经不住美色诱惑者考不好
精神萎靡者考不好
品德低劣者考不好
那些丢弃信仰的人啊
也一定会被考得晕头晕脑

哦 尽管赶考的道路上

路途迢迢　风雨潇潇
尽管应考的人生中
不知要涉多少水过多少桥
只要我们昂起首不断开拓
就不会找不到前进的路标
只要我们在心中牢记责任
希望就会始终在前方闪耀

哦　赶考　赶考
新时代的赶考
让我们用新的本领新的面貌
把新的考卷一个个答好
用我们赶考的故事
为后来的赶考者
留一套完整的参考资料
让他们在赶考的时候
想起在十月风景中
有我们赶考时的范本和活例
有我们赶考时的佳话和传说
有我们奉献的一种妖娆

45

十月风景　祥和灿烂
水也欢唱　鸟也对谈
而在荡漾的欢歌笑语中
最嘹亮和最鼓舞人心的
还是那一声神圣而庄严的宣言

那是一个吉祥的日子

毛泽东代表战友和同伴

代表军队和政权

代表众多的党派和社团

代表亿万人民共同的心愿

选择在北京天安门城楼

选择在十月风景的焦点

用浓重湘音向历史深沉诉说

用东方之声向世界庄重宣言

"中国人民从此站起来了"

被奴役受压迫的命运

一去不返

五千年的梦幻

一百年的追寻

二十八年的斗争和征战

迎来了十月的秋光无限

哦　先人们失去的尊严

终于回到了眼前

满含辛酸的呼号

终于化作了绚丽的语言

痛苦和屈辱之海

被铲平的三座大山填满

所有高昂的头颅和骨骼

都在激情的宣言中

集合成方阵　奋然向前

所有闪烁的眼睛和思维

都在钢铁和血肉的声响中

体验自由　体验平等

体验做人的权利和权益

体验钙质丰盛的气魄和尊严

哦　那甜辣动听的宣言

舒展着宽广无边的翅膀

舒展着璀璨坚毅的信念

飞越华表　飞越城楼

飞越古老的黄河泰山

飞向大海　飞向太阳

飞向彩蝶翩跹的金色明天

它一路飞翔　一路回荡

一路辉映着先烈目光中燃烧的火焰

一路冲击和荡涤民众的泪水和苦难

阵痛和伤楚　幸福和荣耀

求索和奋斗　等待和期盼

硝烟和弹片　呼唤和呐喊

随着铿锵的旋律流淌蔓延

清除了被铁蹄污染的土地

劈裂了严实的铁桶和钢板

剪断了厚重的枷锁和锁链

哦　这宣言洪亮而又深刻

是漫漫历史的一道分水岭

是民族命运的一道高门槛

回首是枪林弹雨烽火连天

前面是秋色浓重云天灿烂

无数的人群和队伍

无数的手臂和腰杆

张扬着生命的灵旗

舒展着自由的容颜

沿着质地明丽而又和暖的阳光

走进十月风景

倾听这五千年历史声响中

最嘹亮的发言
倾听催人的号角
倾听奋进的动员
让意志一次次
在宣言中加钢淬火
让使命一层层
在宣言中增添内涵

哦　正是在那一声宣言中
东方睡狮睁开了双眼
正是在那一声宣言中
华夏民族挺直了腰杆
正是在那一声宣言中
侵略者失去了骄横的乐园
正是在那一声宣言中
剥削者丢下了欺凌的皮鞭
那宣言没有丝毫声嘶力竭
而它却穿透时空折断苦难
那宣言没有任何修饰装扮
而它却扭转乾坤改换人间
多少缠绵的歌手
忽然间彻夜狂欢
多少忧伤的诗人
吟哦出奔放的诗篇
那宣言随着歌声飞翔
伴着诗篇传诵
在山水中回旋
在天地间回旋
在工厂和田间回旋
在广场和边关回旋

回旋成永恒的豪情
铭刻在历史的心坎

走进十月　走进瓜果满园
人们聚集在广场聚集在街心公园
一遍遍聆听这庄严的宣言
一次次沿着光辉的历程走回从前
一次次用那盛大庆典中最耐听的语言
告慰故地　告慰英灵
告慰长河　告慰高山
告诉他们历史并没有晚点
它终于随着我们的意志
挥动起和煦的风
播洒下甘甜的雨
终于奉献给古老的东方
一个明媚的日子
终于奉献给善良的人民
一个金色的秋天

如今置身在十月风景中
重新倾听那独立时刻的宣言
仍有无限的自豪涌荡心间
仍有无穷的力量在膨胀裂变
那曾经抚平伤痛拉直使命的语调
依旧似晨钟划破黎明
依旧如惊雷炸裂长天
依旧磅礴宽广而又浑厚
依旧庄严自信而又舒展
依旧疏通着淤积的血液和灵魂
依旧延伸着责任奔放着精神

依旧淋漓尽致地抒发着

一代一代传承的斗志和信念

哦　也许许多年后

高山变平地　沧海化桑田

世上所有令人惊叹的声音

都在岁月的长风中烟消云散

而那一声棱角分明的湘音

却始终会含着血水和意志

含着真理和誓言

滚滚而来　迎风招展

护卫着种子果实和秋天

那宣言中不朽的信仰和决心

始终会和东方山水同在

始终会和黄肤色的民族同在

始终会在岁月长河中久久飞旋

始终会是未来的世界未来的中国

最动人的语言和最壮丽的诗篇

46

十月风景中

最耀眼的是点点殷红的旗帜

那旗帜的高度

足以使整个世界仰视

那旗帜的幅面

是五十六个民族挽起的手臂

自从那双指点江山的大手

第一次在天安门升起旗帜

那上升的旗帜和升旗的过程

便成了共和国最神圣的礼仪

每天清晨　那些从天南海北

从远远近近的城市乡村

潮水般涌来的不同民族

不同方言　不同服饰的人们

都以同样神圣激动的心情

都以同样庄严肃穆的表情

注视着天安门广场上高高的旗杆

注视着和太阳一同升起的旗帜

面对冉冉上升的旗帜

每个人都含着盈眶的热泪

紧握征途上默诵的誓词

目光穿透历史深厚的涵义

牢记血的风采和先烈遗志

把使命镌刻于灵魂深处

时刻听从神圣的召唤

在风雨中临摹英雄的风姿

上升的旗帜　在阳光下

以风的造型和气质

挽起天空和大地

唤醒所有的鹰和燕子

打开所有的门和窗子

奏响所有的歌和机器

舞动无穷的生命活力

雾染不潮　雨淋不湿

她舒展着自豪的笑容

舒展着胜利的爽朗和飘逸

用光芒四射的五颗金星

与火红火红的太阳相互致意

共同挥洒黎明时的温暖和明丽

共同照耀高高的山脉和广袤的土地

共同开启每一双眸子里

火红的使命和幸福的话题

哦　旗帜的光辉是璀璨的

因为她有自己的哲思

旗帜的生命是年轻的

因为她有自己的沃土

旗帜的声音是动人的

因为她有自己的特色

旗帜的理想是辉煌的

因为她有自己的主义

说起旗帜

祖父总是说起南湖　说起井冈

说起飞越万水千山的那条险途

说起险途上创造的无数次奇迹

说起旗帜

父亲总是说起太行　说起延安

说起如何接受新生共和国的检阅

说起受阅后如何奔赴解放的阵地

说起旗帜

我也总是有理不清的思绪

总是有说不完的话题

小时候　旗帜送给我幸福

长大后　我献给旗帜汗水

苦恼时　我向她诉说委屈

高兴时　我为她捧上诗句

站在祖国的土地上

我天天仰望旗帜　朝圣旗帜

走在异域的街巷里

我时刻想念旗帜　祝福旗帜

哦　只要前方有旗帜

脚下就是宽阔的坦途

只要心中有旗帜

就没有顶不住的风挡不住的雨

走进新世纪的门扉

强盛的梦已不再遥不可及

高高飘扬的旗帜

与新世纪的太阳一起

构成了灿烂的天地间

一道绝妙绝佳的景致

那风雨中从不褪色的鲜红里

闪耀着

战斗的荣光

生活的希望

生命的价值

那缕缕红线绣成的缎面上

叠织着

昨天的辉煌

今天的成就

未来的希冀

那翻飞舞动的造型里

书写着

远大的理想

美好的憧憬

坚忍的意志

那和着阳光和风声的旋律中

荡漾着

中南海的深情

五大洲的礼赞

十二亿人真切的心语

哦 旗帜 你升起的

是沸腾的热血 是澎湃的心潮

是艳丽的色彩 是光辉的气质

是民族的魂魄 是人民的心曲

是神奇的传说 是真实的故事

啊 旗帜

朴素又神圣的旗帜

有心又无私的旗帜

在你集合的队伍中

在你飘扬的时空里

我和我的父老乡亲

回报你的唯一方式

就是在一片片处女地上

挥洒青春 只争朝夕

拉动开拓和耕耘的大犁

把我们对你许下的每一句誓词

都种下去 让千年贫困的土地

绽开花丛 结出硕果

长满沉甸甸的收获和诗

47

纪念碑是一棵根深叶茂的大树

在十月风景中格外引人注目

那是一个比青铜更坚固的形象
耸立在大地上耸立在人心里

冰冷的石头本来并没有生命
只因为喷溅了英雄滚烫的鲜血
只因为写进了英雄年轻的名字
共和国的相册里
便有了它最醒目的影子
城市广场的中心地段
便有了它最突出的位置

我知道　那些走进纪念碑的生命
原也有生动的面容和爽朗的语气
原也是风云将帅和无畏的勇士
为了拯救缺钙的山脉和贫瘠的土地
为了使战斗和拼搏获得完美的结局
为了使旗帜和主义走出艰苦的绝地
他们义无反顾　从容就义
用不屈的骨骼和高贵的头颅
把坎坷和深渊填平
让匍匐的民族和匍匐的民众
从他们的躯体上坚强地站起
英勇地穿越枪林弹雨
他们竖起的碑石
成了整个都市最昂贵的建筑
他们辉煌的壮举
成了整个时代最深刻的注释

我知道　那些走进纪念碑的生命
原也是普通的工人

原也是平凡的农夫

甚至是没有长大的孩子

只因为不忍山河失血过多

他们便加入了崇尚铁和钙的队伍

用锻造机器开垦土地摆弄玩具的双手

握起了真理的镰刀和锤头

大面积收割敌人的头颅

号角响彻到哪里

旗帜飘舞到哪里

他们就把战斗的歌谣

吟唱到哪里

直到生命之弦戛然绷断

他们依旧以冲锋的姿势

给历史留下矫健的剪影

给革命指示胜利的前路

难怪从他们手中接过武器的后继者

异口同声地说他们并没有离去

每一次枪栓击发撞针的时候

都有他们的声音在耳边响起

直到白云拂去弥漫的狼烟

清澈明丽的生命年轮里

依旧清晰地显示着他们高贵的品质

他们关于爱情与和平的设计

从古至今　无与伦比

黎明前夕

那个已把牢底坐穿的英雄

脸上露出了欣慰的笑容

透过阴暗潮湿的窗口

他看到了日出前的晨曦

遍体的伤口在痛苦中扭曲

喜悦的神情却从他的双眼喷出

但突然间罪恶的子弹响起

洞穿了他褴褛的衣裤

他来不及设想未来

甚至来不及呼喊激昂的口号

十月就与他擦肩而过

胜利就与他失之交臂

只有鲜艳而又滚烫的血

洇红了珍藏在怀中的旗帜

直到半个世纪的时光之后

在荧屏的黄金频道里与他相遇

我才认识了他那慷慨的举动

是共和国黎明前最壮烈的一幕

就在那凶残的枪声响起的时候

敌人的旗帜应声落地

他浴血的理想奋然腾起

化作横扫魔鬼的电光

划破最后一缕黑色的夜幕

那电光透过小小的屏幕

输入我的血液传入我的躯体

我困顿的神经受到重重一击

功名利禄的思维顿然落地

突然间明白了面对新的时代新的背景

该采取一种怎样的方式

慰藉亡灵　慰藉先驱

哦　漫步在郁郁葱葱的高山平原

我渴望与长眠在地下的灵魂对话

渴望从他们就义时悲壮的诗句里

红色岁月 红色历程 红色史诗 红色经典

感受一种结束和一种开始

感受一种落地和一种升起

感受一种荣光和一种神奇

长风滚过 林涛响起

大片大片的叶子和生命

延续着它们的生命和呼吸

延续着激越的号声和战马的鸣嘶

遍野的葱绿 满天的白鸽

我已分不出哪棵树木的躯体

流淌的是英雄的血液和骨气

我只看到每一丛闪亮的绿意

都浓缩着大地对英雄的谢意

不息的松潮 悦耳的鸟鸣

我已分不出哪朵浪花的欢歌

吟唱的是英雄的心曲和音符

我只听到每一段悠扬的旋律

都抒发着山河对英雄的敬意

岁月如水 潮落潮起

多少人物走过历史的屏幕

曾经辉煌的 已经黯淡

曾经神奇的 开始腐朽

惟有英雄铮铮作响的脊骨

如永不锈蚀的金徽

始终悬在时代的高处

始终以血染的雨露滋养大地

始终以森林的手臂掬起花束

始终以生命的光芒照亮幸福之路

始终以年轻的活力播撒信念的种子

哦 英雄 英雄

横刀立马　前仆后继
硝烟中流出的鲜润的音符
如今已化成了天塌地陷时的擎天支柱
化成了洪魔袭来时的千里长堤
化成了钢铁长城上新筑的壁垒
化成了边塞雪地上深深的足迹
化成了绿色的花环神圣的披挂
装点着和平的大地和共和国的旗帜

48

十月风景是一部立体交响乐
最催人奋进的是我们的国歌

真应当感谢年轻的田汉和聂耳
用独具的风格把握了时代的脉搏
铜号和大刀在琴键上健步走过
潮涌般的乐句便震撼了四万万副耳郭
激越的狂飙从琴弦上喷吐而起
战斗的火焰在旋律中翻滚摇曳
起来　不愿做奴隶的人们
让暴突的血管鼓涨起民族魂魄
起来　不愿做奴隶的人们
在钢铁的鸣唱中吟哦出自由的歌

铜质的乐句喷发的是复仇的火
是危险的惊叹和逼人的紧迫
失血太多的歌者听着带血的吼声
浑身的骨头顿时硬朗了许多
他们挽起父老兄弟的胳膊

毫不犹豫地加入了义勇军的行列

枪林里冲杀　弹雨中拼搏

热血沃土中耕种自由的收获

他们在马背上吟唱的时候

马背和他们都成了壮烈的歌

他们在硝烟中解读歌曲的时候

他们的行动成了歌曲最明了的解说

他们在歌声中找到了信念

歌声因他们变得更加雄伟壮阔

哦　不管是沿着一双草鞋　一粒小米

还是沿着一枝长枪　一把大刀

都能深入歌曲的旋律深处

感受最初的艰苦卓绝

不管是沿着一块弹片　一件血衣

还是沿着一座墓碑　一棵松柏

都能深入歌曲的意境深处

领悟最初的壮怀激烈

那淌着血汗吼着呐喊的歌声

虽然已化作了十月的和风

化作了鸟儿的对歌

化作了山涧的清泉

化作了枝头的硕果

但只要面对红色历程凝神倾听

就会感受到在雷电般的旋律之中

有呼啸的黄河急浪源源滚过

有浓烈的长城狼烟源源滚过

就会感到在厚重的音符里

头颅落地的声音　鲜血喷洒的声音

刀枪碰撞的声音 骨骼脆裂的声音

相互交叉 相互应和

此起彼伏 撼魂动魄

就会感到在经典的艺术中

泥土解冻的声音 江河开裂的声音

太阳升起的声音 红旗猎猎的声音

汇成了十月风景中浑阔的底蕴

筑成了巍峨的丰碑坚实的底座

和我做邻居的那位老红军

卧床多年 身体虚弱

而每天新闻联播前国歌响起

他的神色和精神就好了许多

他说正是这伴着旗帜飞翔的歌声

复活了我们的民族我们的祖国

他说正是因为这歌声天天提醒

八角帽 灰军衣

红缨枪 旧草鞋

那些早已成为文物的东西

一天也没有离开过他的生活

井冈山 大渡河

宝塔山 西柏坡

那些已远离了半个世纪的故土

时刻在他的眼前闪烁

还有打满补丁的褡裢

还有草地里温暖的篝火

常令他想起粒粒黄澄澄的小米

想起从草根咀嚼到的欢乐

想起迎风扬鬃的枣红马

想起倒在途中的年轻的战友

想起他鲜嫩的面容和烟熏的前额

啊 这歌声竟有如此巨大的根系

紧紧地握着整个红色岁月

紧紧地握着每个人生命的快乐

如今已没有了当年的硝烟和战火

漫天飞翔的是祥云和白鸽

然而在众多的流行歌曲之中

依然是国歌最富有别致的色泽

中华民族到了最危险的时候

这焦土上的呐喊战火中的呼号

依然是那么热烈而又急切

请不必讨论如今是不是最危险的时刻

养尊处优 危险就会迫在眉睫

请不必质问那淬火的歌词有没有过时

生活在崇高的使命和责任里

就会时刻面临一种与生俱来的急迫

行走在深入灵魂

深入血液的歌曲里

理想就会更加崇高

信念就会更加执着

行走在深入河流

深入山脉的歌曲里

不同方言的人民啊

都会用同一种爱和执着

报效时代 报效祖国

啊 意志消沉的时候

遇到挫折的时刻

我总要深入前辈的思想

深情地吟唱雄壮的国歌

啊　风雨来临的时候

面对挑战的时刻

我总要站在时代的窗口

反复地吟唱激越的国歌

前进 前进 前进 进

这雄浑而又高亢的旋律

激发着我的青春和生命

激发着我的思想和血液

激发我在十月的风景中

激发我在新世纪的热土上

为了我的家乡我的祖国

顽强拼搏　奋勇开拓

[1]1949 年 3 月 5 日至 13 日，在河北平山的西柏坡村，召开了中国共产党第七届中央委员会第二次全体会议。在这次会议上，毛泽东做了重要报告。他严肃地指出，"因为胜利，党内的骄傲情绪，以功臣自居的情绪，停顿起来不求进步的情绪，贪图享乐不愿再过艰苦生活的情绪，可能生长。""可能有这样一些共产党人，他们是不曾被拿枪的敌人征服过的，他们在这些敌人面前不愧英雄的称号；但是经不起人们用糖衣裹着的炮弹的攻击，他们在糖弹面前要打败仗。"（见《毛泽东选集》第四卷第 1439 页，人民出版社，1960 年 9 月版）

第八章　创业往事

前辈们在逆境中艰苦的创业
为我们赢得了今天说话的地位
　　　　　　　　——题记

49

从废墟上站起来的共和国

和从南湖驶来的红船

改变了世界的格局

也面临着严峻的考验

从血泊中走过来的旗帜

和从战火中建立的政权

改写了民族的历史

也接到了新的考卷

不论敌人　还是朋友

都在密切地注视着

东方新生的巨人

能不能稳住阵脚　继续向前

不论城市　还是农村

都在焦急地期待着

赢得解放的命运

能够从此幸福　直到永远

面对包围和挑战

面对热望和渴盼

舵手们和亿万的创业者

用战争中形成的传统和习惯

用中国式的方法和答案

用龙的傲骨龙的风采

让世界感到了惊叹

那时候　尽管创业者承袭的

依旧是千年不变的耕作方式

尽管他们只能用祖传的技艺

制造桌子椅子坛坛罐罐

尽管汽车飞机坦克

还只是构想中的图案

尽管广袤的原野和山脉

还是远古洪荒　睡梦正酣

而那已经启程和正在延伸的脚步

那已经飞翔和正在起飞的歌声

那已经诞生和正在孕育的希望

正在用一种紧锣密鼓的方式

为伟大的播种草拟收获的提纲

为辛勤的开拓彩排成功的方案

为艰苦的创业筹备欢快的庆典

从零做起

收拾旧河山

从我做起

奉献血和汗

在高山之巅

在长河之畔

在荒野大漠

在贫瘠家园

那些从烽火中走来的创业者

不停地耕耘

不停地攀缘

用劳动做词汇

用汗水当语言

为创业的诗典创作精彩的佳篇

用青春做彩笔

用天地当宣纸

为创业的画册描绘深刻的图案

虽然他们的表情中

也曾有过或明或暗的皱纹

虽然他们的脚板下

也常遇到或深或浅的沟坎

然而 不论风雨交加

还是云浓雾淡

他们总是披肝沥胆 毫无怨言

不论旅途漫漫

还是前路弯弯

他们总是胼手胝足 奋勇向前

不论吞咽苦果

还是分享甘甜

他们总是披星戴月 迎暑斗寒

哦 他们用瘦削而又油亮的背脊

用硬朗而又柔韧的骨骼

用厚茧粗粝的双手双肩

用涌动奔突的热情

用豪迈自信的神采

用小车 锄头 铁锹

用锤头 镰刀 扁担

把河流驯服 赶向海洋

把森林梳理　披上山峦

把蓝天切割　劈出航线

把荒漠叩醒　索要矿源

把丰收的谷穗　画成田野的逗点

把拔节的楼房　读成城市的感叹

一天又一天　一年又一年

选择他们的

始终是振奋和执着　希望和忧患

一年又一年　一天又一天

他们选择的

始终是思索和进取　追求和奉献

直到创业的汗水洗亮了河山的容颜

直到丰厚的产量除去了千年的贫寒

直到奔驰的车轮把骄傲画满大地

直到飞天的卫星把自豪写入长天

直到江山的根基

稳固地植入历史河岸

直到大厦的造型

成为世界评说的焦点

伟大事业的领路者和创业者们

依旧没有高枕无忧

依旧没有坐享其成

依旧在思考和摸索着

如何走好每一段路程

如何迎接每一个明天

如何在日渐拥挤的地球村落

守住自己的生存空间

如何在强权横行的国际讲台

传达自己不容亵渎的观点

那个走向荒漠深处的地质工作者

没有给我们留下豪迈的语言

在日渐模糊的往事中

我没有看清他年轻的眉眼

我只看见他出征时的背影

他把娇美的妻子 幼小的孩子

他把优越的岗位 富饶的家园

统统甩在身后了

乱石累累的荒原

数不清他曾留下多少跋涉的脚印

难觅飞禽的高山

记不住他曾流下多少拼搏的血汗

只有那喷吐着石油和矿物的井口

用令人折服的口吻 验证着

他不相信中国贫油的预言

尽管他和他的罗盘

地质锤 放大镜

连同羊皮袄水壶一起

已经化成创业的故事中

一个极为普通的情节和片段

而每当年轻的后来者

扛起他的遗嘱和预言

步入荒漠 步入高原

总感到一望无际的

不再是穷山

总感到风高月黑的

不再是荒原

随手捡起一块石子

都有未被认知的物质和元素

随便踩上一段新路

都有源源不断的黄金和银元

在他曾登临的高海拔缺氧地带

在空气稀薄的高山和高原

因为有了氧气充足的精神滋补

因为有了粗犷而殷切的召唤

那些初次在漫天扬尘中前行的探求者

虽然经受着缺氧的袭击

而他们却说

有了这样一种精神的输氧

筋骨一辈子都不会变软

如今　往日那些创业的故事

那些曾经闪亮的歌声和血汗

已经成了历史博物馆的展厅里

发黄的文字和照片

已经成了教科书里

倡导的最高修养和信念

那曾经艰难苦涩的过程

那辉煌中带着缺憾的结局

已经成了回首时

一首首充满甜蜜的歌

已经成了晚报和晨报的文章中

常常被人们提起的例证和经典

扯起风帆的创业者

不少人已经故去

活着的　大都落下一身病残

而他们那永远不会故去和病残的意志

他们那风干在岁月中的滔滔咸汗

他们那不怕挫折失败再战的肝胆

他们那强国富民的魂魄和宏愿

却像一种标高　一种尺度

立在每个人的眼中　装在每个人的心间

日复一日　衡量着我们的思想和观念

年复一年　检验着我们的斗志和信念

如果今天停止耕耘

明天就会坐吃山空

只有越过九曲弯路

前路才会开阔平坦

走过风暴和灾难的创业者

无时无刻不在忠言相劝

赢得了胜利

并不等于能继续胜利

继续胜利

才能坐稳铁打的江山

50

"雄赳赳　气昂昂

跨过鸭绿江

保和平　卫祖国

就是保家乡

中华好儿女　齐心团结紧

抗美援朝　打败美国野心狼"

唱着这首雄壮激昂的战地歌谣

我回到了创业之初的时光

看到了那一场举世瞩目的较量

哦　当大洋彼岸驶来的舰队

强占了我们的台湾

当侵略者燃起的狼烟

烧红了友邻的三千里江山

当硝烟中飞舞的弹片

狂傲地擦伤了我们的房舍和家园

亿万创业者的双眼

与中南海丰泽园的灯光一起失眠

千百万习惯了征战和射击的双手

重新握紧了刚刚冷却的枪杆

户破堂危　唇亡齿寒

门口的事　我们要管

当英雄儿女们的枪管

喷吐出我们庄严的呐喊

敌方那位号称二战名将的司令长官

依然不相信中国会出兵与其抗衡

依然在做着"赢定了"的梦幻

依然痴人说梦一般　盘算着

朝鲜战争会结束在感恩节前

是那些在密集的炮火中跃动的英雄儿女

在文字和想象无法触及的残酷里

用浩渺深邃凌厉的声音

用血迸肉裂骨碎的壮举

首次向世界诠释了中国的风骨

是他们用封堵敌人枪眼的胸脯

撑起了民族命运的支柱

是他们用烈火的焚烧中插入泥土的手指

握住了铁石般的纪律

是他们用血肉横飞的同归于尽

栽植了漫山遍野的风景和树

是他们用弹尽粮绝的悲壮肉搏

赢得了最可爱的人的称呼

那个名叫上甘岭的山头

阵地的面积不足四平方公里

一百九十多万发炮弹　五千余枚重磅炸弹

将山头的海拔削低了两米

而那些坚守在阵地上的猛士

却以无与伦比的高度

神奇地立在了世界战争的奇迹里

那段七十三公里的钢铁运输线

每两米就有敌人投掷的一枚炸弹

而在运输线上流动的战争血液

却始终没有断流　没有淤积

啊　可爱的人　最可爱的人

都是从井冈丛林里走来

出击时还是那样的出其不意

都是从长征路上走来

迂回时还是那样的迅捷麻利

都是从太行群峰中走来

围歼时还是那样的干净彻底

都是从解放战场上走来

行军时还是那样的豪情洋溢

啊　可爱的人　最可爱的人

长城两边是他们亲爱的故乡

他们冲锋时保持着雄鹰的姿势

长江黄河是他们亲爱的母亲

他们怒吼时回荡着滔天的态势

啊　可爱的人　最可爱的人

战旗和焦土

渗透着他们生命中英雄的底色

火光和弹片

飞扬着他们人生中厚重的价值

啊　可爱的人　最可爱的人

在战争最惨烈的时候

用干燥的炒面和冰冷的白雪

滋养着必胜的信念和骨气

在胜利将到来的时候

用伤残的代价和烈士的名义

书写着胜利的尾声和结局

啊　可爱的人　最可爱的人

在代代相传的故事里

他们都是丛林一般的刀枪

他们都是流云一般的战旗

或许没有人能说出他们的长相

但都记着他们纪念碑一样伟岸的身躯

或许没有人能说出他们的姓名

但都记着他们用生命写下的警句

或许没有人能模仿他们的声音

但都熟悉他们高亢圆润的号声

或许没有人能形容他们的英姿

但都熟悉纪念馆里棱角分明的雕塑

那个奔赴前线的毛泽东的儿子

一去不返

他用二十八岁的青春生命

用喷洒忠诚的热血

为国际主义画廊

也为毛泽东的人格魅力

画出了一幅最具震撼力的图案

他没有炫耀过自己的特殊身份

没有为新婚燕尔的妻子留下什么遗言

没有享受过普普通通的父爱

他只是和往常一样

把自己作为一颗正义的子弹

压进战争的枪膛

输送到危险的前沿

他也一定和往常一样

知道生命之弦随时会戛然绷断

并且准备好了

用灿烂的生命之火

把和平的烛光点燃

哦 如今在开满金达莱的异国烈士陵园

在鸭绿江畔的抗美援朝纪念馆

他那永远定格在二十八岁的人生年轮

仍在以新中国最优秀的青年烈士身份

向人们讲述创业之初的悲壮和艰难

并且警示那些大大小小的干部子弟

如何看待父辈的地位和职权

如何用自己的双手和双肩

把父辈的形象书写得完整而又丰满

驻足在毛岸英年轻的画像前

我突发一种奇异的灵感

如果当初那些罪恶的燃烧弹

没有把他的青春残忍地截断

如果他也赶上改革的年代

也拥有令人羡慕的一串头衔

那么 按照他的家风和观念

他绝不会不择手段暴富起来

绝不会用父辈的威望和影响

慷国家之慨　敛不义财钱
他也一定不会把自己的子女和亲戚
用尽心思　送到大洋彼岸
一定不会在外国银行存下巨款
一定不会有来源不明的财产
他啊　肯定会把群众的冷暖挂在嘴边
肯定会把共同富裕的信条牢记心间
肯定会为下岗的职工　寻找新的岗位
肯定会为失学的儿童　捐出全部家产
他啊　一定会成为"三个代表"[1]
最忠实的实践者
一定会用光辉的余热
担当起实践"三个代表"的领头雁

哦　那一千多个浴血的日日夜夜
已在风雨之中显得有些遥远
而交战双方不同的教训和经验
却更加响亮地在历史的时空回旋
"同中国人打交道要注意
中国人说话是算数的"
回味那一段土焦灰沸的岁月
这个由敌人用沉重的代价
换来的沉重的教训
使我感到无比振奋
哦　能战方能言和
斗争才能赢得和平
实力是最终的发言权
正义始终伴着胜利之神
这个前辈们在血与火中得出的定律
应当成为今天和未来强军的准绳

哦 "美国的大炮比我们多

但历史不是大炮写的"

"西方侵略者几百年来

只要在东方一个海岸上

架起几尊大炮

就可以霸占一个国家的时代

一去不复返了"

这个铁的历史结论

已经被证明

并将继续被证明

51

厚厚的雪地上

凛冽的寒风中

两声清脆的枪响

划过冀中平原的天空

新中国第一大案的两名主犯 [2]

以令人心痛的结局

重重地敲击着

执政者心中的警钟

其实在进京赶考之前

人民的领袖

已经向众多的赶考者

打过预防针

敲过同样的警钟

或许是不以为然

或许是过于自信

他们把那些语重心长的叮咛

压进了箱底锁在了柜中

面对流光溢彩的城市

他们的头脑开始发晕

面对接踵而至的吹捧

他们的神经开始放松

面对甜蜜的话语

他们的灵魂发生了剧变

面对温柔的陷阱

他们的脚步乱了方寸

哦　尽管不情愿却不得不承认

进城才一年多

他们就被糖弹打得遍体伤痕

尽管不情愿却不得不相信

谁的精神失去免疫力

谁就躲不开疾病的围攻

尽管在衣冠楚楚的资本家眼中

他们还显得土里土气

其实正是在这相互对比中

他们背弃了革命的宗旨

尽管在花天酒地的宴请中

他们还显得不太适应

其实正是在逐渐适应的过程中

他们步入了黑色的幽径

当我重新审视那段远去的往事

重新对那些落马者的人生进行考证

他们在铁窗里流下的悔恨的泪水

他们在枪口下黯淡的神情

红色岁月　红色历程　红色史诗　红色经典

深深地刺伤着我的神经

哦　他们原也是革命的功臣

为了新中国的诞生

历经磨难　九死一生

他们原也是无畏的英雄

面对敌人的屠刀和酷刑

从不屈服　从不贪生

多少坎坷曾被他们踏平

多少强敌曾被他们战胜

在群众的心中

他们也曾甘于吃苦　勇于献身

在战友的眼里

他们也曾情同手足　平易近人

谁也想不到

他们会如此迅速地

蜕变为吸食国家血液的蛀虫

谁也想不到

他们会如此彻底地

沦落为人民枪口下的罪人

真的不相信　却不得不相信

人生的公式是多么相等而又不等

由一名战士成长为英雄

需要经历无数次战火的洗礼

而由一名英雄蜕变为罪犯

只需要一些小小的放纵

在不法奸商的洋楼中

享受着舒适的沐浴

品味着温柔的奉承

刘青山忽然感到了从未有过的乏困

他不由自主地扪心自问

这是怎么啦 这是怎么啦

战争年代 从不知道什么叫累

如今一切都好了

可以放松了 轻松了

反倒时常困顿缠身

哦 放松了 轻松了

这由他自己说出却没有意识到的内容

正是啃食他灵魂的原因

历史会铭记住

每个人的功劳

但也绝不会饶恕

任何人的罪行

厚厚的雪地上

凛冽的寒风中

那两声清脆的枪响

惊醒了许多迷途者的心灵

也喊出了共产党绝不做李自成的决心

半个世纪的时光中

这枪声一直代表着人民

对公仆们的灵魂进行拷问

虽然也有一些执迷的落伍者

循着枪声走进了死亡的胡同

但在枪声中拨正了时针的理想

更昂扬地踏上了新的征程

这枪声 如警钟长鸣

这枪声 是大声提醒

无论位多高 权多重

谁都不应背叛人民

我们都是叶子和花

都是草木和树

人民才是永远的阳光

是赋予我们生命的真正养分

拥有阳光的时候

谁都不会在意阳光的存在

掉进深渊的时候

才能体会到离开阳光是多么寒冷

哦 既然是人民的阳光

哺育了我们的地位和权力

那么就让我们用手中的权力

百倍千倍地回报人民

如今 那遥远的枪声已开始模糊朦胧

新的枪声正一声接着一声

而在商海滚滚的涛声中

在灯红酒绿的诱惑中

在金钱美色的攻击中

这清脆凌厉的枪声

对一些人已失去了警示作用

因为他们的价值观念

已经完全发生质变

因为他们的信仰信念

已经彻底扭曲变形

他们甚至怀疑

旗帜还是不是原来的颜色

他们甚至质问

红船能不能继续航行

哦 我很少有先见之明

也从不轻易预测未来的事情

但我却要准确无误地断言

这样的人把持权力　悲剧难免会发生

这样的人参与改革　改革难走向成功

请不必羡慕他们获得的蝇头小利

请不要害怕他们今天的独断专横

他们一定会在不远的将来

变成警示后人的枪声

哦　从创业之初的"三反"[3]

到改革之中的"三讲"[4]

我们的党和领袖

无时无刻不在擦拭政权的窗棂

从进京赶考时的"两个务必"

到迈入新世纪的"三个代表"

我们的领袖和党

无时无刻不在总结执政的要领

假如我们被称为公仆的公民

能时常想到那此起彼伏的枪声

在枪声中冷静地反省自己的人生

假如我们面对五花八门的利益

能保持一种平和的心境

不去暗箱操作心存侥幸

假如我们在签字盖章拍板的时候

能不受条子电话人情的干扰左右

公正合理地办理该办的事情

那么　我们航船前进的速度

将大大加剧

我们开拓创业的故事

将更加动人

哦　我赞美那雪地上清脆的枪声

我却期望不再听到与此同频的枪声

但愿那切割毒瘤的枪声

在红船的航行中渐渐稀疏

直到消失得无影无踪

哦　我相信人民是最公正的裁判

他们会永远选择红色的航船

52

那是一个盛产诗歌的岁月

每一天都有激情的灵感闪烁

不论在车间　还是在田野

不论在讲台　还是在哨所

创业者都是用执着奉献的韵脚

把诗的意境装扮得深刻鲜活

开拓者都是用前所未有的热情

把诗的节奏吟哦得大气磅礴

那是一个盛产诗人的年代

每个人都有骄傲的传世佳作

不论铸造　还是耕作

不论教书　还是巡逻

都是辛勤的作者

都是虔诚的读者

你从我的汗水里

感受创业的艰辛

我从你的成果里

阅读收获的欢乐

哦　那个远在异国的科学工作者

悄悄地在心里对祖国诉说

在流浪漂泊的日日夜夜

他始终铭记着雄浑的黄河

铭记着黄河岸边那个小小的村落

铭记着村落里那间炊烟袅袅的茅舍

铭记着茅舍前那条清澈的小河

铭记着茅舍后那个葱绿的山坡

铭记着小河里的鱼儿和泥鳅

铭记着山坡上的蜜蜂和花朵

当从十月风景的镜头里

看到战火中昂起头颅的祖国

他那颗结满风霜的心啊

忽然不再冷却　忽然燃烧起烈火

为了改变父亲目光里

挥之不去的贫穷

为了融化母亲笑声里

时常闪现的苦涩

他毅然放弃了丰厚的收入和舒适的工作

放弃了豪华别墅和高级轿车

放弃了初见成效的研究项目

放弃了已经到手的地位资格

放弃了那个美丽的异国少女

奉献给他的美丽青春和执着的恋歌

当他历尽千难万险回到祖国

当他行囊空空奔向戈壁大漠

当岁月的风霜染白了他的双鬓

当生活的苦酒渗进了他的心窝

他啊　始终无怨无悔

始终以苦为乐

始终以崇高的品格和爽朗的性格

兑现灵魂对祖国的承诺

哦　我赞美创业年代的耕耘和播种

那长势良好的精神和骨气

足能把我们亿万颗心灵都养活

我怀念创业岁月的收成和收获

那颗粒饱满的作风和传统

足够我们千秋万代去收割

小时候　我和邻居的小伙伴

都盼着那个异地口音的政府干部

能到自己的家里吃饭做客

因为他每一次来的时候

总给我们带来那么多的故事和传说

因为他每一次走的时候

大人们脸上的愁云就少了许多

那时候的领导们啊

都是那样朴素而又随和

都有着吃苦耐劳的性格

群众的寒暑就是他们的冷暖

群众的笑声就是他们的欢乐

没有层层陪同的官员

没有不离左右的记者

没有那么多指示和要求

没有那么多讲话和演说

白天　在建设的工地上

他们和群众

一块儿抬夯　一块儿推车

擦汗用的是同一条毛巾

吃饭用的是一样的碗勺

夜晚　在百姓的炕头上

群众和他们

一块儿谈心　一块儿思索

照明用的是同一盏油灯

睡觉住的是一样的寒舍

啊　这样的播种这样的劳作

怎能不收获信任和爱戴

这样的阳光这样的水土

怎能不长出累累硕果

而今　当那个归国华侨的儿子

费尽周折　办好了出国定居的绿卡时

我看到了老人从未困惑的目光中

流露着不解的忧虑和无可奈何

当儿子远行的飞机起飞后

他含着闪烁的老泪对我说

儿子还年轻　不懂得什么叫祖国

遇到风雨的时候　他会后悔自己的选择

当那个在戈壁安家的工人的女儿

成了小报记者炒作的歌手

当老人知道了自己一辈子汗水的价格

抵不上女儿一曲缠绵的情歌

他兴奋的笑容埋藏着一丝丝忧虑

他不止一次地向我打听

付出和回报　偏差这么多

心儿总不踏实　总是高高悬着

当那个从脚手架上下来的建设者

把儿子送上高高的脚手架

我听到随着工地而迁移的简易棚里

刚刚懂事的孙子问他的爷爷

你和爸爸建起了那么多楼房
可为什么从来没有一间是我们自己的
小小的孙子小小的问题
把无所不知的爷爷问得张口结舌
当邻居那个我儿时的伙伴
当起了老板 开起了饭馆
他说真应当感谢党的富民政策
使他们全家摆脱了贫困的折磨
只是那日渐增多的白条和关卡
使他的生意越来越难做
他也担心那撑起他生意的公款吃喝
会不会给国家带来什么灾祸

哦 尽管打开的窗口
飞进了蚊子苍蝇和各种虫蛾
但毕竟是温暖的阳光
密集拥挤地装点着我们的屋舍
尽管开启的闸门下
污泥和淤沙乘机滚过
但毕竟是奔涌的浪花
嘹亮高亢地歌唱着我们的生活
那手拉手式的帮贫济困的光彩事业
那雨后春笋般拔地而起的希望小学
在大地上写下了令人信服的结论
生活的法则 不仅仅是金钱的游戏
爱心的花瓣 朵朵都能结果
那迎着风雨继续前辈事业的开拓者
那甘守清贫保卫祖国和平的戍边者
在风雨中书写着献给人民的诗歌
人生的价值 不是每个人都能把握

只有奉献的双手 才能放飞满天的白鸽

哦 真希望所有的问题和疑惑
都能早一点得到验证和解说
真希望如今和未来的建设者
都能传承前辈的精神和热血
真希望明亮的阳光和浪花
能把腐朽的东西全部淹没
真希望吉祥的花朵和白鸽
成为改革时代的经典力作

53

创业的岁月有过许多激越人心的歌
罗布泊的壮歌至今沸腾着创业者的心窝
那横空出世的蘑菇云啊
以中国的习惯语法 喝退了
蛮不讲理的骄横和霸气

真佩服从战火中走出来的领袖
他从来就不习惯低头和屈服
他最懂得用什么样的手段和方式
才能顶住威胁 制服强敌
为此 他直截了当地提出
"我们不但要有更多的飞机和大炮
而且还要有原子弹
在今天的世界上
我们要不受人家欺负
就不能没有这个东西"
是啊 是啊

多么直白而又深刻的话语
"原子弹就那么大个东西
可没有这东西
人家就说你说话不算数"

为了有这个东西
为了说话算数
无数的建设者打起背包
挺进沙漠　挺进戈壁
挺进寸草不生的死亡之地
在千年沉睡的荒漠之中
建起了规模宏大的实验基地
当反应堆和加速器先后建起
当第一颗原子弹在理论计算中初见端倪
那个曾经亲密的合作伙伴
却忽然釜底抽薪　忽然中止了
双方关于国防新技术的协定
并且撤走了专家　带走了资料和图纸

旋涡里搏击
才知道水手的功底
逆境中创业
方显示英雄的伟力
面对突然来临的灾难
面对重重巨大的压力
不屈的红船和不屈的人民
毫不犹豫地
打响了悲壮的"争气战"
毫不犹豫地
选择了独立自主

啊　钱学森　钱三强

王淦昌　周光召

彭桓武　郭永怀 [5]……

一批在史册上耀眼的名字

拿起了科学和奋斗的武器

夜以继日　攻克难题

挥汗如雨　计算推理

他们用老式的计算器

模拟了原子弹爆炸的全过程

用自己摸索的规律

纠正了苏联专家的错误

啊　邓稼先 [6] 的九次计算

花费了整整九个月的时间

九个月时间却无法算清

这位中国的原子弹之父

流下过多少汗水

付出过多少努力

啊　当勘探者用近乎原始的方式

在无人知晓的独龙山

找到了第一条铀矿区

当群众用箩筐　铁锅

用石臼子　豆腐包

为我们头两颗原子弹

把粗铀原料备足

当专家和课题小组

经过无数精密的实验和论证

攻克了所有的技术难题

当试验场上一百零三米高的铁塔

自信而又高高地竖起

一个即将震惊世界的话题
我看见十月的祖国
在飘舞的彩旗中
更加扬眉吐气
我听见共和国的领袖
言谈举止中
又多了几分不容置疑的底气

啊　中国的第一朵蘑菇云
在苏醒的戈壁上腾空而起
尽管当量只相当于两万吨 TNT
而它却极其巨大地
震惊了苏联的军事监听站
震惊了美国远东空军的巡逻飞机
那些动辄威胁中国的强权者
从狂傲的梦中惊醒之后
不得不收起核讹诈的大棒
不得不改变威逼的招数
一事当前　一言既出
不得不听听中国的口气

如今　那些长眠在寻铀路上的官兵
那些把青春献给罗布泊的前辈的名字
都已经化成了中国在国际舞台上
绵和的语言里暗藏的针
友好的握手中坚硬的钢
已经化成了即将完成的飞天图中
亮丽的色彩和线条
浑厚的氛围和构图

踏着前人的足迹

我来到罗布泊

来到鲜活的"死亡之地"

那每一株红柳芨芨草骆驼刺

都令我产生无穷的遐思

我捡起一枚普通的石子

从清晰的纹路里

辨识着创业 辨识着历史

辨识着和蘑菇云一起升起的

许多道理 许多启示

我不愿对比 却无法阻止

漠风般骤起的联想和思维

如果按照今天的标准重新投资

这宏伟的工程不知需要多少个亿

而面对那可能是天文数字的预算

一些急功近利者会不会赞成

而对那没有任何个人利益的工程

惟钱是从的人能不能挺身而出

我不愿设想 却不得不设想

原子弹工程在今天会如何起步

如果今天重新投资这个项目

那些专家和论证小组

会不会提出要贷款和外援

会不会首先考虑奖金和报酬

会不会在预算时

多掺入一些泡沫和水分

如果重新规划"上马"的蓝图

那血汗凝成的经费

会不会被层层转包和挪用

那掌握课题的人

会不会要回扣和小费

那有限的物力财力

会不会被逐段截留

那创业者会不会按下班的钟点

一溜烟步入酒楼和歌舞厅

会不会也用桑拿按摩和别的什么

来解除疲劳　消磨时日

那些有了成果的人会不会漫天要价

如果开价太高　谁又能付得起

请不要嘲笑

这看似不伦不类的类比

请记着一个共产党员的恳请和疾呼

在地球的村落里

面对强权　不会有什么公理

只有实力　才能维护自己的权益

是前辈高举着锤头镰刀的旗帜

在逆境中顽强艰苦的创业

为我们赢得了今天说话的地位

我们该用一种什么样的创业

为我们接力旗帜的子孙

积攒一些说话的分量和骨气

　　[1]2000 年 2 月 25 日，江泽民同志在广东省考察工作时的讲话中指出，总结我们党七十多年的历史，可以得出一个重要的结论，这就是：我们党所以赢得人民的拥护，是因为我们党在革命、建设、改革的各个历史时期，总是代表着中国先进生产力的发展要求，代表着中国先进文化的前进方向，代表着中国最广大人民的根本利益，并通过制定正确的路线方针政策，为实现国家和人民的根本利益而不懈奋斗。(见《论"三个代表"》第 2 页，中央文献出版社，2001 年 8 月版)

[2] 刘青山、张子善，分别是原中共天津地委副书记、书记，均是参加革命20多年的老干部。他们都曾被国民党逮捕过，在狱中，经受住了敌人的严刑拷打，还进行过绝食斗争，表现出了共产党人坚贞不屈的浩然正气。但是，进城后他们经不起资产阶级生活方式的侵袭，走上了贪污腐败、蜕化变质的道路，成了人民的罪人。1952年2月10日，河北省人民法院遵照中央人民政府最高人民法院命令，在保定组成临时法庭进行公审，依法判处刘青山、张子善死刑，并立即执行。（见《文图并说中国共产党80年大事聚焦》第513—515页，解放军出版社,2001年3月版。）

[3] 新中国成立后，党和政府按照《共同纲领》保护私营工商业的合法经营和适当发展。但是，资本家中的不法分子不满足于用正常方式获得一般利润，力图用向国家干部行贿等非法手段获取高额利润。这种情况的严重发展，使党中央不能不决定在党政机关工作人员中开展一场反对贪污、反对浪费、反对官僚主义（主要是反对贪污）的"三反"运动，在私营工商业者中开展一场反对行贿、反对偷税漏税、反对偷工减料、反对盗骗国家财产、反对盗窃国家经济情报的"五反"运动。（见《中国共产党的七十年》第315页中共党史出版社,1991年8月版,1999年6月印刷）

[4]1995年11月8日，江泽民同志在北京考察工作时的讲话中提出，根据当前干部队伍的状况和存在的问题，在对干部进行教育当中，要强调讲学习，讲政治，讲正气。（见《论党的建设》第188页，中央文献出版社,2001年11月版）

[5][6] 钱学森、钱三强、王淦昌、周光召、彭桓武、郭永怀、邓稼先，均为中国著名的物理学家，为新中国研制"两弹一星"作出了奠基性卓越贡献。1999年9月18日，中共中央、国务院、中央军委举行表彰大会，授予包括上述7人在内的23位科技专家"两弹一星"功勋奖章。（见《文图并说中国共产党80年大事聚焦》第717—724页，解放军出版社,2001年3月版）

第九章　苦涩岁月

> 历史和人民
> 绝对不会允许
> 苦涩的岁月
> 在未来重演
> 　　　——题记

54

十年的时光
短暂而又漫长
如果风调雨顺
如果精心播种
千年贫困的土地啊
一定能够捧出芬芳的瓜果
一定能够奉献满仓的米粮
只因为
只因为风是苦涩的
只因为雨是苦涩的
只因为播种的方式是苦涩的
那曾经以为是丰硕的收获啊
竟苦涩得令人无法品尝

十年的时光
漫长而又短暂

如果阳光明媚

如果风平浪静

载着理想的红船啊

一定能够驶过激流和险滩

一定能够驶近成功和希望

只因为

只因为暗流掀起了巨浪

只因为乌云遮住了阳光

只因为航标出现了故障

那渴望驶向远方的红船啊

竟被染上了浓重的雾霜

那是一种怎样凄迷的风景啊

太阳的光泽抵不上星月

封冻的河流十年才开裂

厚厚的尘埃　浓浓的迷雾

蒙住了明亮的门和窗子

蒙住了芳菲的树木和花朵

蒙住了秀丽的高山和溪流

蝴蝶蜻蜓和美丽的白鸽

丢失了优美的舞姿和歌

只有被打湿了翅膀的几只雄鹰

在低低的天空艰难地穿梭

那是一场怎样的"继续革命"啊

心灵相通的渠道全部堵塞

真情之门挂上了锈蚀的大锁

每个人的心都高高地悬着

毫无疏忽也可能随时摔落

明天的命运和天气

谁也无法预测

面对随时飞来的横祸

谁又能侥幸地躲过

生命之舟在浊流中摇摆

随时都可能沉没

哦　尽管善良的人们

也曾载歌载舞　欢庆所谓的胜利

也曾激情澎湃　加入所谓的洪流

而在喧天的锣鼓和鞭炮声中

在森林般举着语录的手臂中

在浪涛般滚过的声讨声中

在不绝于耳的万岁和敬祝声中

在高音喇叭有线广播刺耳的震动中

在日日刷新糊得瓦片一样厚的宣传栏中

我听到的是夹杂在歌声中的哀叹

听到的是岁月痛苦的呻吟

我看到的是人们小心谨慎的目光

看到的是饥饿却不敢吐露的表情

在大大小小的闹剧中

一些扭曲变形的心灵

进行了丑态百出的表演

他们导演和策划的悲剧

举不胜举　层出不穷

从指点江山的开国元勋

到统兵百万的著名将领

从风雨同舟的民主人士

到举世闻名的科学精英

从教书育人的知识分子

到日夜劳作的工人农民

多少人因一句忠言成了"敌人"

多少人因反对他们灾祸降身

什么党委　政府

什么法制　条规

在他们眼里都形同虚设

一张大字报

几只小喇叭

就可以把一切统统扫平

一条棍子拿在手中

一堆帽子强加于人

他们就可以平步青云

尽管这些乘"直升机"飞上天的人们

后来都摔得很惨很重

但他们在历史身上剜出的伤痕

与历史对于他们的惩罚

无论用一种什么样的公式

都难以算清　难以扯平

在十年漫长的时光中

我很少听到邻居说话的声音

他原本也有一副活泼的生性

爱说　爱笑

爱跑　爱动

那原本也是一个善良人家

乐善　好施

帮贫　济困

只因为在阶级的划分中

祖上的房子留给他富农的成分

只因为在苦涩的岁月中

成分成了区别好人和坏人的标准

他便失去了做人的自尊

我常常看到他面无表情

戴着高纸帽 挂着纸牌

低着头 弯着腰

不是扫街游行

就是站在万人大会的审判台上

接受永无休止的批判和斗争

多少次擦肩而过的时候

我用目光对他表示深深的同情

而他却始终无动于衷

他对待所有的人和事情

始终都是一种麻木的表情

可怜他那幼小的孩子

一懂事就受到了不公正的待遇

虽然也入了学堂

身份却低人一等

从来不敢与人争执

从来不敢乱说乱动

常常悄悄流泪

常常躲着众人

那刺耳的高音喇叭响起

他浑身就抖个不停

同学们玩耍的时候

他早已回到了家中

守着母亲 透过门缝

欣赏那与他无缘的游戏活动

许多年后 当我每次远行的时候

邻居的全家都到车站送行

他们说并不是读不懂我那时的表情

而是怕他们任何一个感激的表示

都会给我带来意外的灾祸和不幸

哦 十年坎坷 十年曲折

走过多少弯路 谁能数得清

十年风雨 十年泥泞

覆过多少命运 谁能说得清

十年动乱 十年噩梦

耽误了多少机遇 谁能算得清

十年灾难 十年浩劫

发生过多少悲剧 谁能记得清

今天 那段苦涩的岁月

已经被人们用一种明确的定义

写进了历史的辞书中

而它给每个人心灵留下的阴影和伤疤

却始终在隐隐作痛

我常常反思自己也审视整个社会

为什么当时会有那样狂热的举动

为什么对早请示晚汇报那样习以为常

为什么也常用跳忠字舞表达心中的虔诚

如果今后出现与此类似的情形

能不能从我做起 不去盲从

哦 好在历史是人民写的

共和国主席含冤谢世前吟哦的真理

已经得到了历史的验证

相信党和政府

历史和人民

绝对不会允许

苦涩的岁月 苦涩的故事

在未来的路上演绎和延伸

55

苦涩的种子
是在人们满怀信心地耕耘时
零零星星地
和生长希望的种子一起
播进了期待开拓的土壤中

或许是咀嚼了太多的贫困落后
或许是渴望着早日富裕和强盛
总之　那时候的花蕾刚刚绽开
人们就急于收获丰盛的收成
那时候的地基尚未夯实
人们就急于住进新建的楼中
哦　工业农业　城市乡村
竞相冒进　争放卫星
人有多大胆　地有多大产
这些原本属于浪漫主义诗人
奇思妙想的灵感冲动
却被用到了生产的指标当中
被登上了党报的版面正中
以钢为纲　全面跃进
一马当先　万马奔腾
一平二调　一大二公
就连写诗画画　科学研究
也要力求跃进　多放卫星
理想中的共产主义
仿佛就是明年或后年的事情

当深感忧虑的彭德怀元帅

在那封引起轩然大波的信中

直言不讳地表达群众的心声

真诚坦率地分析问题和原因

许多人没有料到

景色秀美的庐山

突然间风起云涌

突然间迷雾浓重

而雾中凝结的谜团

许多人没有读懂

逆耳忠言被拒之门外

不同意见被定为阶级斗争

已经认识的错误没有得到纠正

浮夸冒进的歪风来得异常凶猛

哦　正是在竞相放飞的卫星中

在一哄而起的人民公社化运动中

在反急躁冒进的意见受到批评后

在忧国忧民的彭老总被斗争后

在继续大跃进的错误中

家长制开始逐步形成

一言堂开始日渐盛行

盛开的花朵虽然有过丰硕的收获

但也结出了许多青涩的苦果

美好的愿望虽然化成了真实的风景

但也形成了许多虚幻的泡影

当小商小贩和集贸市场

被当作"资本主义的尾巴"割掉后

当家畜和果树

即将被收为公有
我看到了那个世代以手艺为生的邻居
不安的神情
他偷偷砍掉了自家的树木
宰杀了精心饲养的猪羊家禽
然后砸掉铁锅　领着家人
投入到了大炼钢铁的运动当中
高估产带来的是高征购
高征购过后是罕见的贫穷
每天每人二两的定量
怎能填饱昼夜劳作的肚皮
所有的野菜树叶和树皮
都被饥饿的人们洗劫一空
还有那花椒树下的观音土
也成了人们活命的食品
他那活泼可爱的孩子
被浮肿病魔夺走了性命
孩子夭折前的那句问话
至今轰响在他的心中
"爸爸　为什么我们守着那么多的土地
还要忍受这样的饥饿和贫困"
难道除了自然灾害
就没有别的什么原因

那座废弃在黄土高坡的水库
是几万人几年修建而成
而在它竣工的剪彩仪式之后
却一次也没有投入过使用
其实在当初开工之前
就有人提出没有水源的水库

只是个摆设　一点也不实用
就像盖好了房子　却没有屋顶
如今　当我重新寻访那时的初衷
一位当年的建设者道出了实情
那时的父母官好大喜功
这干涸的水库竟使他步步高升
哦　那么多人耗掉了那么多心血
才修起了他升迁的一条路径
这样的投资这样的代价
确实让人感到有些过于沉重
哦　但愿这座永留在黄土坡上的水库
成为那段历史的遗迹和见证
但愿后来的领导不仅仅感到惋惜
而应从中吸取教训　受到震动

在那次著名的七千人大会 [1] 上
人民的领袖作了自我批评
那民主和自我批评的精神
使全党受到了鼓舞和振奋
而那个怀着野心的"战友"
却依然在进行肉麻的吹捧
善良的人们没有觉醒
他是有意在制造神坛
有意在助长个人崇拜的气氛
有意把领袖推上
远离人民的云层
有意在酝酿和煽动
苦涩岁月中苦涩的阴风

如今　那苦涩岁月中的

苦涩的种子

连同它在苦涩的风雨中

长成的苦涩的草丛

已经被真理的镰刀

收割干净

然而 在此起彼伏的

虚假的产量和报表中

在一串串掺着水分的数字和政绩中

在通知尚未下发就已拟好的经验中

在不看工作只比材料的作风中

我清晰地触摸到

那苦涩的种子萌生的无形的须根

依然旺盛地存活在

某些官员的思想和作风中

依然悄悄地侵蚀和改变着

他们评判成绩和功劳的标准

官出数字 数字出官

那个编造数字而提升的官员

曾为自己的举动沾沾自喜

曾为自己的经验暗自庆幸

哦 苦干一年 不如笔头一动

这样的提拔这样的重用

怎能不搅得民怨沸腾

这样的经验这样的作风

怎能不沦为人民的罪人

好在群众的眼睛最为明亮

党始终代表着人民的心声

这样的人或许能侥幸一时

却无法逃脱历史最终的裁定

但愿大大小小被称为公仆的人们
能从苦涩岁月中悟出做官的道行
但愿浮夸欺瞒的作风
能被当成引以为耻的准绳

56

当那篇精心策划的
《评新编历史剧〈海瑞罢官〉》[2]
点燃了"文革"的导火索
历史　突然间跳下船头
掉进了旋涡
像一个中风的病者
突然间开始抽搐和哆嗦

宁当"革命"的白痴
不做"反动"的智者
宁要"社会主义"的杂草
不要"资本主义"的苗禾
辉煌的奇迹让位于难言的耻辱
乌云的翅膀遮住了真理的光泽
空前的"革命"导演着空前的悲剧
巨大的阵痛孕育着巨大的灾祸

哦　研究所里空空荡荡
科学家们哪里去了
只听见深刻的检讨
看不到科研成果
工厂车间冷冷落落
工人师傅哪里去了

只看到群情高涨
听不见机器唱歌
田间地头杂草丛生
农民朋友哪里去了
都是在忆苦思甜
却说不出甜是什么
学校教室乱乱哄哄
教书先生哪里去了
他们正坐在前排的位置
接受"革命小将"的斥责

在那声势浩大的"阶级斗争"中
"斗争"和被"斗争"的对象
是那样模糊不清
在那横扫一切的"文化革命"中
"革命"和反"革命"的举动
是那样难以读懂
在"炮打""火烧"的狂潮中
党委被踢到了清冷的角落
在"彻底铲平"的运动中
公检法被砸烂了大门
每颗心儿都如临深渊
每双脚下都如履薄冰
昨天还是革命的小将
今天就成了反动的子孙
早上还是历史的功臣
晚上就变成了人民的罪人
一场风雨　就使得父子母女
走进了敌对的两个阵营
一片阴云　就使得恩爱夫妻

转化成互相提防的阶级敌人

许多造反者不知在造谁的反

只有煽动者才明白罪恶的意图

许多夺权者不知夺权干什么

只有阴谋家在利用他们的热情

在那个无限上纲的年代

每个人都被卷入了阶级斗争

在那场迫害灵魂的雨中

随时都会戴上冤屈的罪名

一篇文章　一次揪斗

就能把冤案定性

一句忠言　一番真话

就能把命运葬送

一首歌曲　一句口号

就能把贫困抚平

一条指示　一次检阅

就能叫幸福来临

那"文化革命"的逻辑多么经不起推敲

却很少有人去冷静思考

那"阶级斗争"的理论多么缺少根据

却很少有人提出反驳的论证

哦　在那个"亲密战友"的野心策划下

在那个"革命旗手"的疯狂煽动中

整个中国读着一本语录

把历史的巨人托出了真理的土层

全体国人呼着"万寿无疆"

把人民的领袖推上了神坛的顶峰

许多年后　当历史的天平

重新沉向真理的一边

当神坛上的领袖

重新回到温暖的人间

当阶级斗争的理论

在实践的检验中被彻底否定

当我们重新审视

苦涩岁月中的每一场噩梦

重新审视每一场噩梦中

阴风苦雨的酝酿过程

和风雨来临前的电光和雷鸣

我们会明白无误地发现

理论的大树

只有植根于实践的土壤

才能有蓬勃常青的生命

是非的标准

只有听从人民的选择

才能保持永久的客观公正

如果离开了实践的土壤

如果远离了亲爱的人民

即使是人民拥戴的人

也难免会做出一些

让人民感到痛心的事情

57

那位一夜间白了头发的老首长

沉默了

他用无言的沉默

对史无前例的"革命"

表示一位革命者的抗争

本来　他只要一声不吭

就可以避开所有的不幸

只需要稍作妥协

就可能保住自己和无辜的家人

只因为　只因为他不忍看到我的父亲

遭受非人的迫害和不公

只因为　只因为他不愿看到出生入死的战友

蒙受那些莫须有的罪名

他说话了　不是为打倒我的父亲

提供违心的佐证

而是向不明真相的群众

陈述历史的实情

在他亲历的叙述中

人们了解了我的父亲

不是长征途中的那个逃兵

抗大校园里有他年轻的面容

不是卖国求荣的那个汉奸

太行群峰中有他弹奏的枪声

不是背叛组织的那个叛徒

解放队伍里有他冲锋的身影

我的父亲得救了

而老首长却落进了诬陷和阴谋之中

面对着残酷的迫害和无休止的审讯

他曾语重心长地

告诉那些年轻幼稚的学生

不要把青春

耗费在坏人导演的游戏中

他曾不卑不亢地

斥责那些别有用心的人

谁也无法阻挡

红色岁月　红色历程　红色史诗　红色经典

历史的车轮滚滚前行

当真相被蒙住眼睛

当正义被关进牛棚

一向爽朗而又慷慨的老首长

突然沉默了

他和与他一同蒙冤的战友

一起在巨大的沉默中

倾听封冻在岁月深处的

真理的喧响和轰鸣

当历史伸出温暖的大手

把他和老同志们救出牛棚

而对着洗劫一空的家庭

面对着重逢的妻儿老小

面对着前去探望的我的父亲

他深沉而又平和的笑谈

声音不高　却一语惊人

自己受点委屈不算什么

紧要的是呼唤党和人民

不要让受委屈的历史

重新发生

那个年轻美丽的女教师

被举报了　住在她邻居的

那个幼小的学生只是出于好奇

向造反派提供了"可疑"的线索

天真的他哪能料到

自己一个小小的想象

却给老师的人生

带来了灾难性的转折

从那一天起　他和同学们

再也看不到老师甜甜的笑

再也听不到老师优美的歌

只有她那被焚毁的藏书和教案

剧烈地燃烧着他的心窝

只有她那被揪斗和折磨的惨状

强烈地加重着他的自责

当他躲开那些监视的目光

悄悄溜进关押老师的厕所

仰望着苍老了许多的老师

他流着泪　说对不起老师

然后用稚嫩的双手

为老师捧出一个红红的苹果

老师抚摸着他的前额

慈祥地说　老师不怨你

你还小　有许多事情

你还不懂　等你长大了

就会读懂这酸楚的风雨

就会读懂这苦涩的岁月

许多年后　在电视台的演播大厅

当那个已经成了画家的学生

与当年的老师意外重逢

他们流泪了　拥抱了

久久相依　难舍难分

画家说　亲爱的老师

是我的幼稚导致了您凄苦的人生

您凄苦的一生是我永远的隐痛

老师说　不怪你　孩子

在老师眼里　你永远都是个学生

迷雾之中那些痛苦的人生

早被亮丽的阳光彻底洗清

哦　老师　这就是

老师　这就是镂刻灵魂的

工程师　这就是装点我们精神家园的

辛勤的园丁

有如此的胸怀和气度

有如此的爱心和真情

不论多么扭曲的心灵

都会被重新扶正

不论多么深刻的伤痛

都会被温情抚平

那对走进影楼的中年夫妇

想在光和影的艺术中

找回逝去的青春

在照相机闪烁的灯光中

我看到了他们成熟的笑容背后

折叠着难言和无奈的表情

他们也曾有过年轻的激情

他们也曾对爱情充满了憧憬

而在那人格和人性被扭曲的年代

他们的激情都化成了空洞的想象

他们的憧憬都转成了虚幻的泡影

他们未曾体验过牵手散步的浪漫

他们未曾领略过耳鬓厮磨的爱情

他们择偶的时候

不是钟情对方的潇洒和美丽

而是看重对方的贫穷和出身

他们登记的时候

没有像样的戒指和项链

只有红色的宝书

作为神圣的礼物互相赠送

不是选择对方的学历和水平

而是选择对方的厚茧和皱纹

他们结婚的时候

没有穿漂亮的礼服和婚纱

只有万众一色的流行服装

表示着对革命的虔诚和忠贞

他们请客的时候

没有丰盛的喜宴和美酒

只有一盘忆苦的野菜

表示着穷人的本色和忠诚

洞房花烛夜　他们甚至不敢

互相倾诉内心真实的感受

不敢议论那些敏感的话题和事情

这并不是他们的神经过敏

而是许多夫妻相互举报的情景

确实让他们都感到胆战心惊

当他们补拍完迟到的婚照

走出影楼　又走进了夜校

他们是去补学业　补文凭

更是去补生活的能力和本领

他们常常羡慕自己的孩子

小小年纪　什么都懂

他们也常常抱怨那段苦涩的岁月

荒废了学业　浪费了年轻的生命

哦　当阴雨过后　当风平浪静

许多的文物古墓没有了原型

许多的藏书字画不见了踪影

而那个伤痕文学作家

却与他记录伤痕时代的伤痕一起

深刻地留在人们的记忆中

许多年后　当一位虔诚的文学青年

向他请教轰动文坛的真经

他平静地说

他原本只有小学水平

也没有过多地做过作家的美梦

他只是悄悄地记录了

那个时代同龄人的狂热

是如何在风雨中被一点点冷却

如何在冷却后开始深刻地反思

如何在反思中铭记追悔和伤痛

只是真实地向人们复述了

那个年代追求真理的人们

是如何在历史的泥泞中痛苦地挣扎

如何在挣扎中牺牲和新生

如何在新生后重新选择前程

当文学青年问起他在作品中的原型

他说　真傻　真傻

没法提了　不知那时怎么会有

那么大的狂热和冲动

太不成熟了　太不成熟了

实在说不清　那时候为什么常常做出

一些失去理智的事情

哦　真傻　真傻

但愿这质朴的声音

能刻进历史的心中

哦　太不成熟了　太不成熟了

但愿太不成熟的岁月

永远不会再度来临

58

毛泽东在天安门挥手的情景
在整个中国乃至整个人类
无疑是最为亮丽的风景
他那迎风挥动的大手
曾一次次把政党领出险地
曾一次次使革命绝处逢生
腐朽在他的挥手中化成了神奇
黑暗在他的挥手中输给了光明
他那高扬在时代窗口的巨臂啊
英雄如风 伟力无穷
他那掀起民族新生的大手啊
充满魅力 从容自信
而在那段苦涩岁月中
我看到的是 他向狂热的人们
挥手时 埋藏在笑容深处的
忧虑而又复杂的表情

当颂扬的潮水
溢满岁月的河谷
当万岁的呼唤
掀起崇拜的飓风
飞卷翻滚的狂沙和灰尘
一时间阻隔了他与人民的声音
他中流击水时的一朵小小的浪花
就足以使一些人的命运之舟翻沉
他能像吸烟时弹掉烟灰一样

轻而易举地弹掉一些人的政治前程

而不论他的错误有多么严重

他的功劳都永远铭刻在人民的心中

他是一生都穿着打补丁衣服的领袖

他一生最钟爱自己的人民

他一生都有着坦荡的胸怀和气度

他一生都关注着人民的温饱和寒冷

人民挨饿的时候

他也不再吃红烧肉

人民受冻的时候

伤心的泪水濡湿了他的眼睛

历史赋予了他舵手的位置

他领着人民在摸索中前进

每当发现走了弯路　遇到挫折

他都会主动承担　及时纠正

并且坦诚地说自己官做大了

没有了在瑞金时调查研究的作风

说"凡是中央犯的错误

第一负责的应当是我"

然后就深入田间地头

考察庄稼的长势　倾听人民的声音

当那个名字被写进党章的"接班人"

把吹捧的副词用到极限和顶峰

他并没有完全陶醉

没有迷失在庐山的迷雾之中

"一句就是一句

怎么能顶一万句呢"

说是一句顶一万句

其实他们连一句都不听

当那架叛逃的三叉戟飞机

坠毁在温都尔汗附近的沙海

许多人从狂热中清醒过来

他也陷入了极大的痛苦和失望中

他吸取了"九一三"事件[3]的教训

却并没有认识到

"文化大革命"的全局性错误

他重新起用了邓小平同志

却也让江青一伙起着重要作用

当那个造反起家的帮伙成员

秘密进行诬陷的汇报时

他觉察到了他们险恶的图谋

对其进行了直言批评

告诫其"不要搞'四人帮'"[4]

"江青有野心"

他说"邓小平政治思想强

人才难得"

并且重新对邓小平委以重任

而当大刀阔斧的全面整顿展开时

他却听信了歪曲挑拨的情况反映

动摇了对小平同志的信任

发动了"反击右倾翻案风"的运动

使刚刚出现的稳定局面

重新陷入了混乱之中

也许他当时并没有料到

正是小平同志的所作所为

为他身后的事情埋下了胜利的伏笔

后来的一切已经证实

正是他珍爱的这个难得的人才

使他的事业得到了发展和传承

关于他的功劳和过错
历史已经做出了客观的结论
我知道用诗的语言
很难把一切都准确概括
却依旧想用想象和比喻
描绘他真实生动的人生
他用操劳了一生的心血
为我们收获了遍地的黄金
却也把禾苗间疯长的杂草
错当成了一种难得的收成
他用跋涉了一生的足迹
把民族的命运引上了光辉的前程
却也把前进中凄苦的风雨
误认成了一道迷人的风景
他是在切除肌体上的腐肉时
意外地伤害了健康的血肉
他是在缝合贫穷的伤口时
给人们留下了一些新的伤痛
他是在开启真理的大门时
不小心拧弯了实践的钥匙
他是在修剪理论的大树时
一失手剪伤了正确的声音
而不论如何 他的名字
已经并将永远
与太阳连在一起
与光明连在一起
与自豪和自尊连在一起
与战斗和胜利连在一起

无论如何　他那独一无二的革命路数

已经并将永远

和军队的足迹连在一起

和民族的解放连在一起

和人民的幸福连在一起

和国家的强盛连在一起

啊　每当想起他

每当说起他

我总感觉有风从高处刮起

总感觉五洲风云常存胸中

总感觉四海波涛都在眼底

[1]1962 年 1 月 11 日至 2 月 7 日，党中央在北京召开扩大的中央工作会议。毛泽东主持会议。参加会议的有中央和中央各部门，各中央局，各省、市、地、县的主要负责人，以及一些重要厂矿和部队的负责干部，共七千余人，通常称七千人大会。这次空前规模的大会，是在三年"大跃进"造成严重经济困难，经过一年调整形势开始有了转变，但是困难还很大，党内外思想上各种疑问还很多的情况下召开的。开会的目的，是进一步总结经验，统一认识，增强团结，动员全党更坚决地执行调整方针，为战胜困难而奋斗。（见《中国共产党的七十年》第 421 页，中共党史出版社，1991 年 8 月版，1999 年 6 月印刷）

[2]1965 年 11 月 10 日，上海《文汇报》发表姚文元的《评新编历史剧＜海瑞罢官＞》的文章。这件事成为"文化大革命"的导火线。1965 年 2 月，在党内除担任毛泽东秘书外没有其他职务的江青找上海市委书记张春桥，组织上海市委写作组的姚文元写批判《海瑞罢官》的文章。整个写作活动是在一种很不正常的秘密状态下进行的。这篇文章点名批判北京市副市长、著名史学家吴晗，毫无根据地把他于 1960 年为响应毛泽东提倡海瑞精神而写的《海瑞罢官》一剧中描述明朝历史上海瑞所进行的"退田"、"平冤狱"，同 1962 年受到指责的"单干风"、"翻案风"联系起来，对剧本

作了猛烈的政治攻击，说它是资产阶级反对无产阶级专政这种阶级斗争的反映。文章实际上涉及 1961 年以来中央领导层在许多重大政策问题上的分歧，攻击的矛头并不限于吴晗。到 1966 年初，对《海瑞罢官》的批判发展到了史学界、文艺界、哲学界，形成思想文化领域广泛的批判运动。对《海瑞罢官》（后来扩及一切对海瑞的宣传和评论）怎样表态，已经几乎成为判断是否反党反社会主义的唯一标准。（见上书第 456 页）

[3]1971 年 9 月，林彪反革命集团阴谋谋害毛泽东的计划破产后，准备南逃广州，另立中央。9 月 12 日晚 10 时 30 分，周恩来接到中央警卫局的电话报告，反映林立果（林彪之子）傍晚乘坐一架三叉戟飞机从北京到山海关等异常活动的迹象。周恩来立即警觉地下令追查擅自调飞机到山海关的事，并命令将飞机马上飞回北京。林彪、叶群、林立果看到南逃阴谋已难得逞，于 9 月 13 日凌晨强行乘飞机外逃叛国。途经蒙古温都尔汗附近，飞机坠毁，机上人员全部死亡，"联合舰队"的其他骨干分子有的畏罪自杀，有的被捕。一场武装政变阴谋被彻底粉碎。这就是"九一三"事件。（见上书第 486 页）

[4] 指江青、张春桥、姚文元、王洪文组成四人小宗派，大搞篡党夺权的帮派活动。（见上书第 504 页）

第十章　走近真理

水手撑起从南湖驶来的红船
接受长河沿岸的洗礼
驶向希望的彼岸
　　　　　　　　——题记

59

当我站在世纪的门槛
回望苦涩风雨后的故事
那段跌宕起伏的历史
那段怒喜哀乐的情感
仍是那样叩击心弦

哦　透过这一扇扇时代橱窗
领略真理之光的犀利和灿烂
抚摸那道道徘徊皱纹
仰望那朗朗晴空云天
轻轻地　轻轻地掩卷沉思
一幕幕昨天的往事
重现眼前

平地一声惊雷
山河几多狂欢
又是十月风景

又是层林尽染

还是那舞动的锤头和镰刀

还是那心底的呐喊

一种长期郁积的火药和烈焰

一种渴望安定的寄托和心愿

化作彩虹当空

化作甘泉喷溅

枫叶红了　心儿醉了

饭桌上斟满了大杯小盏

饮酒人当属那月那年

游行集会的人们欣喜若狂

欢呼共和国的又一个春天

亢奋的歌舞召唤着失去的梦幻

庆祝的火焰燃烧着戈壁雪原

天际亮了　大地醒了

看啊——

拂去风霜的泰山昂起头颅

洗去愁容的雪域张开笑脸

咆哮奔腾的黄河淌着喜泪

忍辱负重的长城把腰伸展

同一片云天　换了人间

看啊——

风雨后的天空星光灿烂

解冻中的土地春意盎然

火红的杜鹃绽放青春的容颜

飞鸣的彩鸟吟咏激情的诗篇

同一道风景　变了眉眼

哦　是怎样的胆略定下决心
是怎样的意志扭转乾坤
是怎样的信念撑起命运
是怎样的力量敢于斗顽

在那乌云密布的日子
在那苦涩浸泡的岁月
正直善良的人们
每天用忧郁关切的目光
注视着国人熟悉的名字
是沉　还是浮
是隐　还是现
特定的年头
造就了
特有的敏感

为了一月的哀思
为了哀思的清明
不该走的人走了
不该流的泪流了
云集那最大的广场
寻找自由的空间
用真理的心声
撞击明天

为了离别的悼念
为了重逢的信念
朵朵白花开满松枝
篇篇诗行播向云天

祭奠远去的周公

呼唤墙内的邓公

用真理的火炬

点燃夜暗

为了正义的呐喊

为了呐喊的兑现

勇士们"把带血的头颅

放在生命的天平上

让所有的苟活者

都失去了重量"

用真理的铜号

催生春天

为了继承昨天的遗志

为了忘却昨天的纪念

正义者击碎了暗流

红船啊驶离了艰险

又一道十月景色

又一个举国联欢

用真理的花环

编织盛大庆典

哦　握有真理的中国水手

撑起那从南湖驶来的红船

驶过旋涡　驶过险滩

驶过磨难　驶过考验

接受长河沿岸的洗礼

驶向希望的彼岸

60

隆冬过后　迎来春暖

欣喜的人们

脱掉厚重冬装

卸去臃肿　感受舒展

轻柔中带有几分寒意

寒意中伴着几丝凄婉

河流还没有解冻

远方还不见归雁

高山的积雪眺望着

一个姗姗来迟的春天

哦　迟到的春天

久违的煦暖

跌跌撞撞地走来

匆忙中带着羁绊

睁着惺忪睡眼

半醒半眠

扛着沉重口号

抱着抽象概念

箍着一群没长大的孩子

重复着一句名言——

所有的鲜活

　不准浮出"两个凡是"[1] 的水面

揭批查的管壁陡然梗阻

冤假错案身上标着拖延

纵有天安门作答

纵有博物馆作证

"天案"仍旧封定

依然存在的

已经永存的

老革命家们

历史已装订成册

颠倒的正反画面

不准启封改版

崇拜原来的

原来崇拜的

继位者仍在塑造着神坛

一把钦定尺子

一把方寸小剪

量定人间长短

剪裁九州方圆

升腾的春光图有些冷凝

似被盐卤点化过一般

踉跄的经济醉汉

刚从险境走出

又陷入深深的泥潭

一声声带着虚火的响鞭

一个个膨胀发酵的面团

鼓动着咀嚼热情的人们

满足着蛇吞大象的梦幻

三年实现农业机械化

四年踏上《纲要》门槛

八年建成十来个黑白黄蓝 [2]

二十年赶上超过美利坚……

一出出跃进年代的剧目

紧锣密鼓　重又上演

愚昧家园走来的精灵

栖在理想王国的屋檐

习惯了"左"撇子教鞭的学生

朦胧中上缴了"洋冒进"学费

一架老式水车

一盘转动的旧磨

在徘徊的"搓板"路上

重复着没有终点的曲线

哦　刚刚迈出严冬的门槛

又染上了一场酸楚的风寒

61

旭日的笑脸

从云层露出

天也亮丽　地也亮丽

风也亮丽　雨也亮丽

黎明捧着清新

阳光送来慰藉

刷新了昨天的烦恼

生出新的希冀

一抹真理之光

划过东方大地

山也惊喜　水也惊喜

歌也惊喜　诗也惊喜

那位后来用富起来的日子

讲述春天故事的老人

冲破游戏规则

指点旅途迷津

红色岁月　红色历程　红色史诗　红色经典

为那场波澜壮阔的

历史性论战

播下了闪光的颗粒

为论战中被层层束缚的

真理的声音

注入了无穷的活力

一场真理标准的讨论

引来掉转船舵的契机

在党的最高学府

一群时代的智者

燃烧着革命的火种

延伸着延安的根系

寻觅着真理的阳光

锻造着勇敢的叛逆

一段激扬文字

一篇战斗檄文

似启明的火焰

点燃了光亮的晨曦

似响亮的枪声

击破了凝固的空气

似升腾的蘑菇云

唤醒了沉睡的戈壁

一场真理标准的讨论

引来百花盛开的魅力

那张光明报章播撒着光明

公开谈论着　实践

是检验真理的唯一标准

一个严肃而又普通的命题

对"四人帮"设置的禁区
"要敢于去触及"
对无限丰富的革命实践
不能拿现成的公式去比对
如今　那段剑拔弩张的往事
已经有了正确的结论
而正是那次思想解放的对话
带来了后来大转折的奇迹

一场真理标准的讨论
引出无限深远的意义
正因为我们的党　人民
在此哲学常识上取得了统一
才有了以后一个又一个惊喜
环经济圈蜿蜒黄金海岸
高科技园伸向内陆腹地
小小渔村成长为现代都市
漫漫西部拉响了开发汽笛
开放的中国走向世界
回归的港澳升起国旗
谜底和答案只有一个
真理的标准操在实践者手里

哦　真理扎根于绿色沃土
沃土的田埂上布满了足迹
党领导人民拉动实践的大犁
在共和国的原野上收获真理
也许是种子得到了充分浸泡
也许是解冻的田畦久盼播期
那次党的历史上的重要会议

把思维的偏差彻底正了过来

把工作的重点彻底做了转移

把阶级斗争的历史彻底翻了过去

把蒙冤的领导重新请了出来

把错定的案件重新定位处理

把允许一部分人先富起来

打制成闪着金光的救生圈

抛向赶潮下海的人们……

后来的事实已经证明

这次会议 有着

长征途中遵义会议同样的意义

此后"十一届三中全会"

成了中国专用的政治术语

所有的政策和变化

都源于那里 富自那里

改革开放的步伐

都启于那里 来自那里

人们思想的解放

都系于那里 变自那里

那是一脉永不枯竭的宝藏

那是一条奔腾不息的源泉

那是一座高高矗立的丰碑

那是一部含义深刻的诗典

只要打开它的扉扇

只要深入它的内涵

就会读懂凤阳人家

就会读懂温州模式

就会读懂经济特区

就会读懂高科技园

就会读懂中国的今天
就会读懂东方的明天……

62

春天 转折路上的春天
明媚中也有霜寒
也许是光照的误区
也许是月亮湾的背面
即使是太阳黑子的存在
也是光亮上的耀斑
哦 我们在捕捉阴影的同时
也要感知阳光的灿烂

在拨乱反正的雀跃中
人们获得了新生和尊严
还没有品味喜悦和甘甜
心头又罩上浓浓的雾团
一些人打着"改革"的幌子
对党发起了攻击 责难
一些人煽动游行 示威
暗地里进行着非法串联
在我们共产党内 有的人
欣赏着古希腊天使壁毯
不承认自由化泛滥的危险

哦 未来面临着又一次抉择
是退 还是战
是硬 还是软
国人在焦虑地注视着

党员在深沉地思考着

历史的航船　又一次

面临抛锚和搁浅

仍是那位祖国和人民的儿子

怀着深深的情感

受命于党　危难于肩

旗帜鲜明　举措果敢

高擎"四项基本原则"[3]旗帜

撑起共和国的蓝天

那篇理论务虚会上讲话中的

每一缕春光

每一朵花瓣

每一个雷霆

每一道闪电

在与会者心里　以及

会后的每场碰撞较量中

掀起阵阵波澜

燃起熊熊火焰

"四项基本原则"啊

宛若四棵参天大树

雄奇而伟岸　连结着

南疆椰林

东海红棉

北国雪松

西域水杉

形成道道防护林带

任凭沙尘来袭

守卫绿色港湾

"四项基本原则"啊
犹如四根擎天大柱
巍峨而挺拔　托举起
楼宇广厦
村舍小院
石窟土窑
绝壁危岩
任凭风云变幻
我们稳如泰山

"四项基本原则"啊
好似四面飞舞的旗帜
亮丽的锦缎飘扬着
十月风景
东方诗典
大路朝阳
风光无限
任凭潮起潮落
垂钓风头浪尖

哦　满载希望的中国
越过沟沟坎坎
正款款走来

仍是那位祖国和人民的儿子
怀着深深的情感
受命于党　危难于肩
旗帜鲜明　举措果敢
高举起毛泽东思想的旗帜

维护着一代伟人风范

那十七次讲话和嘱咐

那一个个会议和座谈

蕴含着一篇泾渭分明的宣言

对伟人的功过与是非

对光辉思想的地位与尊严

干部和群众

百姓和党员

深情地解读着

细心地咀嚼着

每一道河流

每一座高山

每一片森林

每一块良田

每一行足迹

每一首诗篇

人民在心里默念着

人民郑重地祭奠着

功劳称第一

过在夕阳年

哦　倾听历史述说

感受人民评判

坚定了思想基石

鼓起了勇气信念

一艘中华巨轮

校正了航向

鼓满了征帆

驶向明亮的远方

驶向美好的明天

63

走过徘徊岁月
越过坎坷艰难
我们欣赏着新一轮月圆
我们簇拥着新一代光环
我们赢得了新的世界
我们迈进了新的千年

遥望那
日月星辰
悠悠白云
蔚蔚蓝天
我们的决策者们
不再跻身真理标准的论战
也许过去争论得太多太多
也许要说的话都已说完
脚下的路还很长很长
身后的事剪不断理还乱
如果用表态的手来抡斧挥镰
如果把坐着开会变成站着交谈
如果让剪彩的人群封锹收剪
如果使堆积的文山休克长眠……
啊　中国将迎来新世纪效率年
真理的标准将更加简洁　直观

遥望那
绿色大地
层层花海

缕缕炊烟

我们的建设者们

不再担心身上的羁绊

松绑的人站在了脚手架上

牢固的基石深埋地层下面

青春的诗笺舞动着七色彩练

年轻的生命闪耀着星光烂漫

如果把操斧弄镰变为敲击键盘

如果把苦涩岁月变为甜蜜时段

如果把追星捧月变为爱洒人间

如果把不尽人意变为满意在线……

啊　命运之树将永远常青

真理之光将更加灿烂

[1] 即"凡是毛主席作出的决策，我们都坚决维护，凡是毛主席的指示，我们都始终不渝地遵循。"（见《中国共产党的七十年》第522页，中共党史出版社，1991年8月版，1999年6月印刷）

[2] 指从1976年冬季开始，对农业机械化和粮食生产，对石油、煤炭、钢、化工的生产等方面，相继提出了不切实际的高指标和根本不可能实现的大口号。（同上书第523页）

[3] 坚持四项基本原则，是邓小平同志受中央委托，于1979年3月30日，在党的理论工作务虚会上针对社会上出现的一些否定或歪曲十一届三中全会路线的思想动向提出来的。当时在解放思想、实事求是地处理历史遗留问题和解决新出现问题的形势下，有些人打着维护毛泽东思想的旗帜，反对十一届三中全会的路线和政策，还有些人打着解放思想的旗帜，歪曲十一届三中全会的路线和政策，企图否定共产党的领导，否定社会主义道路。这些情况，引起了中共中央的注意。为此，邓小平同志在会上发表了《坚持四项基本原则》的讲话，旗帜鲜明地提出，必须坚持社会主义道路，必须坚持无产阶级专政，必须坚持共产党的领导，必须坚持马列主义、毛泽东思想。（同上书第533、534页）

第十一章　解读土地

我们眷恋的这方热土啊
我们终生的诺亚方舟
我们是你的分子
你是我们的分母
　　　　　　　——题记

64

"为什么我的眼里常含泪水
因为我对这土地爱得深沉"
为什么我的人生如此幸福
因为这土地总给我温暖的呵护
我爱这憨厚的土地　就像
爱我沉默寡言的父亲
我爱这多情的土地　就像
爱我温柔善良的母亲
离别乡土　辗转四方
日渐厚重的行囊
日趋成熟的面庞
始终保存着
父母的体温
始终保存着
童年的泥香
始终保存着

梦乡的诗行

哦 相依为命的土地
你是人类繁衍的古老河床
你是万物生患的高贵皇后
你写下的传说啊无比神奇
你留下的猜想啊数不胜数

回眸中华五千年文明史
解析战乱与和平的舞步
历代王朝的兴衰更替啊
承来袭去 都是地盘
争来斗去 皆为疆土
洋人入侵 沦为夷奴
金鸡引颈 高鸣不平
痛惜我那破碎的版图

哦 不甘为奴
不愿受压 不堪重负
觉醒的中国人民
为了脚下的土地
为了土地的归属
高举起镰刀锤头
奋斗了几多春秋

土地啊 鲜血凝成的
红色土地
你同我们荣辱与共
我们为你浴血战斗

土地啊　汗水浸泡的
黑色土地
你同我们结伴而行
我们与你风雨同舟

土地啊　辛酸揉搓的
苦涩土地
农家人与你终身相许
春种秋收　四季往复

为什么天是晴朗的天
为什么地是肥沃的地
为什么一辈子辛勤耕耘
为什么反倒填不饱肚皮
为什么劳动者播种贫穷
为什么付出者收获忧愁
为什么"耕者有其田"
为什么粮不见其有
为什么"一大二公"好
为什么人不见其富
一道难解的试题
困扰着土地的主人

由此出发　远方求证
我追寻着无产者遥远的脚步
我演算着西方先哲的《政治算术》[1]
那位爱尔兰土地测量总监
那位古典政治经济学的鼻祖
最先打造了劳动价值论的命题
"劳动是财富之父

土地是财富之母"[2]

由此出发　远方求证
我领悟着锤头和镰刀大军的历史狂草
我研读着印有长髯头像的鸿篇巨著
那一声炮响送来了造反的"主义"
那"主义"下聚集起叛逆者队伍
燎原大火　谁将吹生
苍茫大地　谁主沉浮
我们蹚过了血之河
我们越过了火之沟
我们走上了无产者联合之路

这不是我们土改时的初衷
这不是我们合作化的由头
这不是我们劳动者的酬劳
这不是我们主人翁的追求
哦　劳作了一年又一年的人们
开始了痛定思痛　忧后思忧

65

改革之路是这样起步的
它是艰难的　又是必然的
经历了太多的曲折坎坷
经受了太多的风狂雨骤
我们的党　民族　人民
几乎同时开始了
关于真理和道路的思索
世纪伟人和寻常百姓

不谋而合地想到了
要在没有路的地方
走出一条属于自己的路

在那花鼓收槌的地方
一个乍暖还寒的夜晚
默默地聚集着小岗村的
十八名社员与干部 [3]
他们歃血为盟　以命相赌
依次按下庄严的指纹
由此　诞生了中国第一个
土地包干合同书
在绝望与守望中
他们上路了
冒着坐牢的危险
鼓着人生的勇气
向"大锅饭"发起了
最初的挑战
把姓"公"的土地
包产到户

为了摆脱饥饿
为了摆脱贫困
也为了为人父母的责任
他们要把最后一线
生存的希望
给孩子留着
无法前思后想
无法左盼右顾
粗糙的皱纸上　承载着

淮河儿女的美好希冀

殷红的指纹下 跳动着

中国农民的绿色音符

然而 这些纯朴善良的人们

经受了太多的折腾

饱尝了折腾后的酸楚

涉足楚河汉界的"卒"子

隐约地感受到越界后的险途

而他们却迎着风寒 揣着孤独

一路前行 义无反顾

哦 就在这山重水复的日子

就在他们忧心如焚的时刻

那位操着川音的老人

给予了热情支持 巨大鼓舞

"担心是不必要的

关键是要发展生产力"

顷刻间

小岗村的一张尺寸方纸

犹如春天的瀑布

打破了沉寂

天空变晴了

大地解冻了

冰河融化了

笼鸟放飞了

乡村原野上 迎来了

又一个历史性变迁

农民兄弟们 开始了

又一次生产大重组

是这样的胆略
解放思想 打开禁锢
随着一声响鞭
翻身道情仰天长吼
是这样的探索
试着过河 摸着石头
现代文明人
也少不了从头学步
是这样的步伐
快捷迅猛 势不可挡
像席卷残云的飓风
像迤逦而来的春雷
是这样的氛围
争先恐后 竞相致富
让领导者精神振奋
令劳作者奋起直追
是这样的收获
犁铧作笔 再写春秋
广阔的田野披上盛装
金色的麦浪翩翩起舞
粗壮的禾秧挺起腰杆
沉甸甸的稻穗低垂着头
喜悦的人们 奔走相告
看啊 丰收场上
木锨飞扬 风车欢呼

望着忙碌的运粮车队
凤阳人家心中有数

交够国家的

留足集体的

剩下自己的 [4]

在党的富民政策中

经济学家们复杂的

生产与分配关系

在农民手里　表述得

如此明白无误

哦　绝望和奇迹

往往交织在一起

就看谁最有信心

就看谁敢于在处女地上

大胆地迈开脚步

如今　那段惊心动魄的往事

已经成了人们饭后茶余的谈资

而正是那次党和群众的殊途同归

拉开了改革开放的序幕

汗水浇灌了土地

土地回报着丰厚

占世界百分之七的土地

养活着百分之二十二的人口

中国人的吃饭问题

要靠我们自己解决

一个举世瞩目的奇迹

写下了东方神话的新剧目

外国人惊愕了

来访者在叹服

蓝眼睛高鼻子的民族
成群结队
友好而又真诚地前来
拜会交流
改革的农村　讲述着
一个成功的故事
讲述着花鼓之乡
蹚出的一条新路
是这样的启示啊
只有大胆而深刻地开拓
才能尽情地沐浴春风春雨
才会有这人间的巍峨丰碑

春潮涌动　春风满楼
春花芬芳　春光妩媚
是改革让我们来到了
美丽的春天
是春天让我们走上了
富裕的道路
哦　改革之路　无限宽广
每一寸都洒满了甜蜜的雨露
哦　改革之路　前景亮丽
每一程都跃动着美好的舞步

66

我们眷恋的这方热土啊
我们终生的诺亚方舟
你哺育着我们
你托举着我们

你纯化着我们

你磨砺着我们

你与我们相伴永远

我们与你一路为伍

你啊　给我们血肉之躯

给我们智慧之烛

你啊　给我们安居之巢

给我们充饥之物

你啊　给我们江河湖海

给我们阳光雨露

你啊　给我们美丽嫁妆

给我们棕褐棺木

你啊　给我们稻菽芳香

给我们爱情财富

你啊　给我们四季平安

给我们一生幸福

你啊　给我们生命之舟

给我们年轮成熟

你啊　给我们七色彩虹

给我们万种风流…

啊　你是我们人生的砝码

你铸就了我们生命的全部

我们是你的分子

你是我们的分母

我们习惯你的冬寒夏暑

你宽容我们的哀乐喜怒

依偎在你那宽厚温暖的怀抱

我们播种爱情　创造富足

那些在商海里搏击的骄子

原也是普通的农夫

想在改革中练练身手

想体验一下拓荒的壮丽与甘苦

不甘寂寞的心

被涌动的春潮诱惑

他们下海了　他们经商了

他们告别了世代耕耘的土地

办起了公司　当起了老板

尽管　新的生活常遇到艰难困苦

新的道路有太多的曲折迂回

但他们依然坚定脚步

依然在春风的鼓荡下

蔓延着生命的绿色

依然在改革的前沿披荆斩棘

开辟着曲径通幽的新路

依然在陌生的领域纵横捭阖

继续着美丽的探索

宽阔的国道

循着你的纹路伸向远方

弯曲的小路

再也留不住往日的脚步

人们的目光

移开了烟熏的乡间小屋

到城里去　到沿海去

到向往的地方去

带着几丝神秘

几分憧憬　几多冲动

换了脑筋的青年男女
伴着东方升起的太阳
踏上了伸向远方的路

古老的城市睁开睡眼
拂动的海风鼓起胸脯
闪耀的霓虹
眨着好奇的眼睛
熙攘的人行道上
摆动着花鼓人的手足

啊 憨厚的乡下人
用带茧的双手 开启了
围城的半边门扇
用纯美的心灵 撑起了
海边小楼的一叶窗口

高高的脚手架上
闪耀着他们的身影
芳菲的绿色苗圃
挥洒着他们的汗珠
楼阁庭院
传递着他们的笑声
摊位商点
飞舞着他们的招呼
夜大学堂
摆放着他们的课桌
里弄巷道
丈量着他们的脚步

"浙江村""安徽村"
都市街道的亲昵称呼
"打工仔""打工妹"
城市词典的新增条目
这里的气象预报
播报着他们的喜忧
这里的时尚新装
蕴含着他们的追求
新兴的大市场
引来了今日农家人
开放的大都市
增添了打工族

67

春天的故事
是一位老人首先写起的
为了这个春天的来临
他整整奋斗了一生

他个子不高　威望却无与伦比
他喜欢桥牌　喜欢游泳
但更深情地热爱着祖国和人民
他是大地的儿子
是我们改革之春的总设计师
是我们民族命运的领路人
他力挽狂澜　拨云驱雾
带领我们找到了真理的标准
他审时度势　果断决策
引导我们卸下包袱　轻装前进

他的声音总是那样和蔼

总是那样循循善诱

总是令我们倍感亲切

肃然起敬

他的声音是那样果敢

言简意赅　妙语连珠

柔中带刚　棉里藏针

穿透历史　深入心灵

他的声音又是那样神奇

在东方大地　一言九鼎

在世界讲台　举足轻重

龙的传人　龙的子孙

听到他的声音　想到他的声音

精神都无比振奋

心中都充满神圣

他的声音回荡大地

岁月不再扭曲和呻吟

他的声音飞过晴空

生活变得七彩缤纷

他的声音啊

始终与人民的利益同频

与国家的命运同频

与香港　澳门　台湾的

稳定和前途同频

如今　这位老人连同

他的思想　已经化成了

春天的和风　春天的细雨

春天的彩虹　春天的花丛

化成了和大地一样光耀古今的

一种自豪　一种精神　一种象征

如今　在我们党旗的光辉里
在祖国辽阔的土地上
依然飘扬着老人那伟大的理论
依然有他的作风
在新一代领导人身上发扬传承
依然有他的脉搏
在世纪之交稳健地跳动
依然有他的信仰
在一代又一代后来人的心中
吟唱和传诵

如今　在大地的满园春色中
在宽广的康庄大道上
我们怀想起老人的音容笑貌
就像面对一本内涵深刻的经典
总能读到规范行动的纲领
就像面对一部英雄的史诗
总有无穷的力量不断喷涌
聆听着老人爽朗的笑声
我们热情奔放　信心倍增
沿着老人未竟的事业继往开来
我们啊　在祖国的田野上
昂首阔步　奋勇前进

68

哦　土地
你这研读不尽的长卷

你这深不可测的厚书

几千年的私有

你不富有

走进公有制的岁月

你几多喜忧

沐浴改革的春光

你那泥土的属性

方才袒露

你目睹了一切

你又隐匿着一切

贫困者讥讽你薄今

考古者欣赏你厚古

地理学家感叹你变化太大

唯有那风水先生

还在卖弄着糊涂

而你却信守着一个原则——

保护大地母亲

就是捍卫人类的圣母

对于封闭者

你无情保守　宁愿

在沉睡中怀抱着历史

也不去普度众生　甘为方舟

对于开拓者

你永远宽容

默默奉献

慷慨捐出

对于弃农者

你格外沉重

离离荒草中
失去了往日的风流

对于耕耘者
你胸襟坦荡
五谷丰登
是你馈赠的礼物

对于人口的膨胀
你曾惊呼
让分子无节制地长吧
贫困线下
躺着的是绝对的分母

对于生态平衡者
你百般呵护
把一草一木
捧为心腹

对于肆无忌惮的砍伐者
你调遣风雨
暴虐成灾
迁怒于江海河湖……

土地啊　土地
血性的泥土
你太多的失血
你太多的伤口
你太多的酸楚
《天鹅湖》鹅难舞

红色岁月 红色历程 红色史诗 红色经典

莫愁湖 愁煞头

白氏后裔的卖炭翁

望尽南山无薪可伐

无奈窑前垂吊斧

范公《岳阳楼记》

记下盛景 记下风流

好一个洞庭满面羞

尘埃落定屋檐下

君不闻远方牧笛声

君不见羊群伴苏武

那滔滔《江河水》

一江春水向东流

怎奈你一刀 他一刀

抽刀断水水自刎

那厚厚《草叶集》

一部诗典唱大风

怎奈你一杯 他一杯

举杯消愁愁不休

广袤无垠的土地啊

面对世间太多太多的纷争

你伤痕累累 满目疮痍

仰天长叹 心在滴血

你一边忍耐 一边呐喊

承受灾祸 负重忍辱

不是吗 用你去换和平

而你啊 何时何处挑起过争斗

我们依赖的土地啊

万物拥戴的宽容之母

你笑对世界　不畏王侯
并同人类　相互拯救
你永远相信　人类与你
一边游戏　一边散步

69

田野上飞翔的白鸽
赞美着春天的景象
江河里开裂的冰块
回荡着春天的合唱
乡镇企业轰鸣的汽笛
编织着春天的希望
农家楼阁的雕梁画栋
描绘着春天的芬芳
哦　祖国的春天
百花齐放　俏丽妩媚
吸引着五大洲的目光
哦　春天的祖国
走在世界的大街上
容光焕发　笑声朗朗
此情此景　又怎能不使人想起
曾经因落后而遭受的劫难
曾经在苦难中煎熬的时光
那时的祖国啊
因屈辱而流下的泪水
至今　仍是那么苦涩
那因压迫而滴淌的鲜血
至今　仍是那么滚烫

是镰刀和锤头的擎起

教我们学会了用怎样的方式

去战斗和抗争

才能获得做人的尊严

是改革和创新

教我们学会了走什么样的道路

去建设和劳动

才能谱出春光明媚的华彩乐章

最早开启我的双眼

让我认识大地的

是那一轮彪炳史册

温暖亿万人心房的太阳

它沿着璀璨的轨道旋转

随着理想的节拍

伴着信念的旋律

喷吐着绚丽的希望

每一抹色彩　都深染着憧憬

每一道光亮　都充满了力量

春光无限　满眼是葱绿和暖色

无限春光　漫遍了城市和村庄

那些曾经瘦骨嶙峋的茅草小屋

已在阳光下成了林立的高层楼房

那些曾经食不果腹的工人农民

在阳光下已成了潇洒的经理厂长

啊　这明媚的春天

丰腴的大地

生长花朵和嫩芽

生长山水锦绣　造化钟灵

也生长生命和灵魂的翅膀
生长别有洞天的丰碑和雕像
生长众望所归的攀登
生长攀登者成功的曙光
生长成功者自豪的吟唱

哦 祖国 我的祖国
哦 土地 我的土地
让我们和你一起
迎着春风 沐着春雨
涌起春潮 点亮春光
鼓起征帆 起锚远航

[1][2] 威廉·配第（1623—1687），英国古典政治经济学的创始人，曾任爱尔兰土地测量总监，他最先提出了劳动价值论的一些根本命题。马克思在《资本论》中指出："劳动并不是它所生产的使用价值即物质财富的唯一源泉。正像威廉·配第所说，劳动是财富之父，土地是财富之母。"《政治算术》是威廉·配第的主要著作之一。（见马克思《资本论》第1卷第57页，人民出版社，1975年6月版；威廉·配第《赋税论》第47页，1667年伦敦版）

第十二章　击水中流

以磅礴之势荡涤污浊
以开拓之举收获灿烂
　　　　　　——题记

70

我们古老而神圣的祖国
我们勃发而复兴的民族
乘着从南湖起航的红船
踏破坚冰　踩碎无奈
走过泥泞　告别徘徊
载着收获与希望
载着使命和期待
穿越风起云涌的航道
驶进这崭新时代

这里有星空灿烂
这里有流光溢彩
这里有厚重土层
这里有蜿蜒山脉
这里有阴云密布
这里有春潮澎湃
这里有暴风骤雨
这里有沙尘突来

这里有太极迷宫

这里有年轻风采

这里有艰辛苦涩

这里有自信豪迈……

这是一部刚刚翻开的

历史画卷

散发着浓郁墨香

这是一片正在开垦的

神奇土地

生长着红绿黑白

在岁月的征途上

我们背着勇敢者的行囊

我们淌着创业者的血脉

我们披着月色黎明

我们抱着太阳情怀

我们经受着腥风血雨的洗礼

我们赢得了五彩世界的青睐

喜看亚细亚的地平线上

飘逸着

一个东方文明古国的

绚丽风采

欣闻浩浩荡荡的航程中

传颂着

又一代驾驭红船的舵手们

击水中流的英雄气概

71

击水中流　始终要

防止或明或暗的旋涡
防止旋涡中五光十色的诱惑
使意志薄弱的水手中途沉没

这是一个怎样的坎啊
跨越的人们手掐着自己的命脉
这是一出怎样的戏啊
威严的"掌门人"一夜间跌栽
这是一场怎样的仗啊
胜利者咀嚼着几丝悲哀
这是一道怎样的题啊
领袖和百姓一起解读着未来

的确 在这个沉重的话题面前
纵然调动所有的词汇
都难以形容人们的心境
即使集中所有的舌觉
也难以品出其中的味态
哦 一种难以名状的思维
由此 由此生出无边的感慨

是的 人们不敢相信自己的眼睛
现实的错位竟让历史惊呆
望着被告席上熟悉的面孔
所有的辩解都是那样苍白

有些人误解了社会的善良
在权力的网眼上疯狂采摘
有些人忘记了昨夜的暴风雪
在风和日丽中被温柔裹埋

有些人仰卧在舒适的坐骑里

浓重的贴膜玻璃使世界变得狭窄

有些人粉饰着自己的"雀巢"

风雨中漂泊着山里娃的期待

有些人照例在文本上画着圆圈

弱视的目光越不过封闭的窗外

有些人坠身于文山会海

以为如此这般就是领导者的气概

有些人用放大镜审视着上报数字

乞求膨胀的符号把命运之伞撑开

有些人睁着惺忪的睡眼不离纱幔

沉迷的风月　醉酒的风采……

清晨的露水经不起蒸发

吹起的泡沫顷刻间破灭

悲剧　终于发生了

人们张大了嘴巴

却喊不出声来

断裂的桥体惊恐了太阳的眼睛

失守的堤坝让整个世界涌向了东海

海关的大门通向了走私者乐园

朱红的印章促成了不耕而获的买卖

有理者的官司败在了无理者的脚下

无辜者的生命被有势者加害

更有甚者　有更甚者

官爵有价　情报通外

庸者作栋　奴者为才

助假为虐　投桃报李

近亲繁殖的蛀虫　蚕食着

我们神圣的年轮和时代

看着他们的蹩脚表演

戏谑着一方水土的昼暗夜白

一幕幕恶作剧还在不时上演着

朗朗晴空下　我们的同胞

目光中含着忧郁

脚步声伴着沉重

袖管里攥着无奈

拥立在思维隧道

一端通往历史

一端指向未来

在那苦难的岁月

在那动荡的年代

那张领袖身着补丁衣服

做报告的照片

传承了一代又一代

背后的破旧窑洞

蕴藏着燎原圣火

身旁的木桌水杯

维系着伤痕的山河湖海

那指点的手势

那自信的神态

仿佛在告诉未来

一个新生的世界

正由这里安排

那窑洞前转动的纺车

祖辈和父辈们

手捻着经纬

扭转着乾坤 纺织出多彩
那兄妹开荒的笑声
那王贵和李香香的诗篇
那和着信天游的劳动号子
透着喜悦 生出智慧 吼出了
陕北人和人在陕北的豪迈
构成了一幅新的清明上河图
清风浩荡 人意和暖

哦 令人难忘的延安年代
我们胜利了 我们进城了
我们辉煌了 有人陶醉了
望着古老的京都
历史上那位农民领袖
打江山十八年 坐江山十八天
风起云涌 大顺祭奠
留下一张惨败的答卷

三百年后
这道考题又摆在赶考人面前
千古盛衰多少事
鉴史论今知其然
尽管一代伟人告诫自己的队伍
怀揣着应试的要领
迎接那进城的花环
还是引发了天下第一案
还是出现了刘青山 张子善
还是出现了王宝森 李乘龙
还是出现了成克杰 胡长清 [1]
还是有一个个意志薄弱者

伏法于人民面前

那一声声凌厉的枪响

震惊了中外　震颤了心灵

震醒了走向开放的人民政权

难道现实真的被历史所言中

难道未来跳不出这周期怪圈

困扰人们的那道历史考题啊

还在延续　还在续延……

当国门在开放中敞开

当彩旗在改革中漫卷

鲜花　掌声　剪彩　喜宴

穿梭在绚丽的色彩中

一些人瞳孔放大　头晕目眩

在烛光杯影中脚步错乱

这艰难　不逊于当年四渡赤水

这沉重　不轻于当年淮海决战

被赶跑的敌人未敢卷土重来

堡垒内部的挑战　却在上演

面对这云　这雾

面对这腥　这膻

五星红旗的缎面

始终在风雨中呼唤

我们的执政党命官

和大大小小的地方吏员

可曾捧上滚烫的心

用赤诚的生命之火

燃人间一缕清纯

用清澈的信念之水

浇大地一片绿苑

只要民心所向
大地就是春天
只要旗帜高扬
寒冷也会变暖
哦　居安思危　危在思安
关键在党　治党必严
我们的领袖和人民心心相印
我们的事业交汇在腾飞起点
看啊　一边是意气风发
在改革的快车道上加速发展
一边是山雨欲来
在筑牢拒腐防变的金色堤岸

我们的领袖和人民风雨同舟
我们高举血与火打制的镰斧
撑起永远的蔚蓝
编织永恒的春天
让那些预言家们自食其言吧
在人民共和国的碑文上
正楷大写着——清廉

72

遭受突然袭来的风雨
我们击水中流的航船
在改革不断的发展之中
尽显了强者的风流

红色岁月 红色历程 红色史诗 红色经典

一九九七年七月
一个燥热的夏季
一场起源于泰国的
金融风暴
似扬起的沙尘
像蔓延的瘟疫
如疯燃的森林
席卷着东亚大地
妄图一举挫伤
亚洲人的自尊
妄图一把刹住
龙腾虎跃的"东亚奇迹"

金融货币啊
你那让投机者
铤而走险的属性
和变幻莫测的魅力
说来是一串符号
做来是一场游戏
此一时 彼一时
应着炒作规则
富者玩出了霸气
贫者瞅出了猫腻
你呀
功哉 过哉
福兮 祸兮

于无声处
炸响一声惊雷
光天化日

发起一场闪击
一夜之间　秋风落叶
经济失守　频频告急——
泰铢贬值了
菲比索贬值了
印尼盾贬值了
马林吉特贬值了
新元贬值了
韩元贬值了
日元贬值了……
印钞机张着大口
点钞机喘着粗气
"毛"了的货币
像暴涨的洪水
冲击着决口的金融大堤

货币的增贬之中
有力的较量
有智的对垒
望不见硝烟
兵不见血刃
随着一只看不见的手
悄然入侵
国界完好无损
"国库"釜底抽薪
不亚于战争创伤留下的
惊恐和败绩

哦　一场由非国家组织
向主权国家的进攻

一场用非军事手段

向资深执政者的偷袭

预示着　一种新战争

形态的分娩　犹如

试管婴儿的诞生　带给

这世界一声新的哭啼

那位国际大炒家

事后道破天机——

政府的过错　在于

市场为投机者留下空间

传统的政治家们　此时

从这瞬间跌宕的

道琼斯指数上

对主权和安全

有了更深的理解

有了更新的含义

一场金融保卫战

就这样猝不及防　此伏彼起

有的丧失了一届政府

有的亏损了两千个亿

有的把屈辱锁定为"国耻日"

有的唯恐"黑色星期一"复辟

首次按动了"短路器"

哦　从东南亚到东北亚

感冒的金融市场

不断地打着寒战和喷嚏

金融货币啊

你是这般简单

又是那般神秘
你是这般普通
又是那般尊贵
你是这般坚挺
又是那般熊气
你是这般广泛
又是那般封闭
你是这般柔情
又是那般严厉
你那万花筒般的魔力
带给这世界
几多灾难　几多神奇
几多辉煌　几多低迷

在亚细亚的东南方位
令世人瞩目的华夏大地
古老算盘拨打着历史风雨
方块汉字奠定了开放根基
凭着海一般的存储
靠着山一般的积累
我们告别了短缺岁月
我们停止了泡沫游戏
我们输出了中华名牌
我们积蓄了丰厚家底
我们扎紧了金色的藩篱
我们宣示了不贬值国币
我们拥有了头上的蓝天
我们放飞着身边的白云
我们憧憬着东方的彩虹
我们充满着未来的希冀

这并不是因为我们慷慨大方
也不是因为我们碰上了运气
而是因为不断深化的改革
和不断扩大的开放
增强了我们免疫的能力

啊　高高飘扬的五星红旗
你给了我们太多的激情
你赋予我们太重的责任
你告诉我们
在守护疆域国界的同时
谨防黑客造访　还须
筑牢金融网阵的铜墙铁壁

73

击水中流
舵手代表人民的意志
和人民一起携手并肩
经受了一次次严峻的考验
收获着一个个巨大的成功

一九九八年夏秋时节
洪水　连续数十天
奔流汹涌　浸湿了电视荧屏
浸湿了报纸版面
浸湿了亿万观众和读者的眼睛
千里长江　险象环生
管涌　漫堤　决口
成了人们最担心听到

又天天听到的名词
告急 告急 告急
在连续的告急声中
抗洪勇士拼死抢险的身影
把每日发布的汛情通报
渲染得格外严峻
使都市行人的脚步
急匆匆而又沉重

十万大军 百万民工
沿江数省千里决战洪峰
宏大的场面 让人想起
四十九年前壮阔的渡江场景

险情 一日多于一日
洪峰 一次高过一次
历史的最高水位 被不断刷新
保卫荆江 保卫武汉
保卫洪湖 保卫九江
中南海里 运筹帷幄的领袖
情关荆楚 心系吴越
总书记的号令
委员长的嘱托
总理的叮咛
铿锵有力 真挚亲切
令人心热 使人动容

尽管 大堤在长时间
高水位的浸泡下
不堪重负 而护堤的官兵

和民工　意志却愈来愈坚
身板却越来越硬
他们充满血丝的双眼里
是放大了百倍千倍的
力量和热情

水长一寸　堤长一尺
只有拼搏　不容侥幸
死保死守　别无选择
人在堤在　决战决胜
险情和奇迹拥挤在一起
不允许惊慌失措

哦　面对环生的险象
长江大堤已不再是堤
而是意志和胆量的堆砌
是毅力和气魄的连缀
也是民族精神升华后
透射出的东方性格的象征
是检验人生价值的一张考卷
能使有的人望而却步
想到生命之舟的沉没
也能使无畏的心　热血沸腾
做一次人生极限的冲刺和验证

天河破了　遭遇雷公
茫茫苍苍　黑云压顶
那些穿越风雨而来的
将军和士兵
往浪里一站　就是一棵桩

一堵墙　一道钢铁长城
他们扛起沙袋石块　架起
钢木框架
就像操枪弄炮一样
快捷勇猛
险情　一个个被排除
决口　一个个被堵死

面对天塌地陷的灾难
他们从容自信　义无反顾
用鲜血　用生命
用年轻的激情　用不屈的抗争
用绿色特有的浪漫和风流
书写生命的壮丽和感动

为了保卫家园
他们中的一些生命　化成了
飞翔在洪水中的翅膀　站成了
矗立在堤坝上的纪念碑
那碑文里熠熠生辉的名字
是船　是桥
是橡皮艇　是冲锋舟
是橘红色的救生衣
是守护家园的大堤……

不是神话　但着实
出人意料　使人惊诧
在一涨再涨的洪水里
绿色长堤　迅速延伸
出神入化

如巨臂挥舞
如神龙游动
赶着江水　沿着人们的意志
奔流入海
在赶江入海中　涌动着
绿色长堤与变态长江的
沉重对话——

"哦　长江　生我养我的长江
面对你突然来临的醉汉般的
失态　暴虐　狂放
我们在奋力抗击的同时
也开始了　思索和寻找
导致灾难的原因"

"哦　长江　生我养我的长江
你是我们的母亲河啊
你是东方文明的摇篮
你挽着高山　情注大海
万里碧波乳汁一般　喂养过
成群的鱼虾　浇灌过
芬芳的花朵　放牧过
此起彼伏的猿啼鸟鸣"

"哦　长江　生我养我的长江
当参天的原始森林
被大片砍伐　顺流而下
我们没有想到　一同泻下的
还有潜伏在浪花中的泥沙
当围湖造田的步伐

把湖水赶得无处立身的时候
我们没有想到
你竟用百年罕见的灾难
向无知和愚昧报复"

"哦　长江　如今我终于明白了
你这么无情地折磨人们
是因为有人砍断了你的神经
刺破了你的血管
你疼了　哭了　眼泪
使我们的家园成了一片汪洋"

"哦　长江　你知道吗
我们在战胜你的同时
也开始为你包扎伤口
我们在庆功的时候
也开始反思对你犯下的错误
我们已经开始明令禁止
采伐你怀抱里的森林
已经开始在你裸露的肌肤上
为你缝补绿色的盛装
也许是三十年　五十年
也许是三百年　五百年
我们才能真正找到
与你和睦相处的方式
但有一点　已在洪水中得到证实
那就是　只有爱你
保护你　才能
得到你真情的回报"

74

击水中流

不仅仅要绕过明滩暗礁

面对强盗竖起的障碍

红色的航船 红色的旗帜

勇往直前 从不徘徊

人类已进化到现代文明

而强权政治 弱肉强食

依然充斥着历史舞台

真理与自由

永远属于战斗的人们

斗牛士凭着

这般勇敢和智慧

与困兽决斗 与悲壮同在

应着一种不等式的游戏规则

一场不说理的战争 伴着

一套不商量的制裁

犹如一把双刃魔剑

穿越亚德里亚海岸

穿越阿尔卑斯山脉

穿越美丽的多瑙河

穿越茂密的巴尔干丛林

像雷鸣电闪一般

将科索沃的夜幕撕开

蔚蓝被吞没 绿色被扼杀

盛开的花朵　在硝烟中凋谢
荒芜的土地　发出痛苦呻吟
播种者连同自己　一起掩埋
普里什蒂纳民用机场千疮百孔
瓦列沃的油库烟火弥漫
诺维萨德市大桥坠入河底
索姆博尔的工厂满目疮痍
"人权至上"的理论呀　在这里
显得多么苍白

在正义与邪恶的较量中
霸权主义者陷入尴尬和无奈
就这样　疯狂的报复开始了
战争机器扫荡着战场的障碍
一九九九年五月八日
就在母亲节的前一天
一个黑色的日子
一个溅血的日子
一个恐怖的日子
披着黑纱向我们走来
五枚罪恶的炸弹
带着邪恶的目的
趁着风高月黑时
向我驻南使馆袭来

在地球的这一边啊　长期
被和平生活卤化了的国民
怎么也不会想到
山姆大叔的炸弹
会从遥远的地球那边

刺向我们的心海

刹那间 来不及躲闪

馆楼坍塌 一片火海

雪白的信鸽被鲜血染红

和平的使者被废墟裹埋

无辜的英灵被强盗杀戮

善良的女性被恐怖加害

不同肤色的人们同时记住了

英雄们的名字——

邵云环 许杏虎 朱颖 [2]

记住了他们

如何将生死置之度外

义无反顾地奔赴危险的地带

记住了他们

如何向全世界所有善良的人们

揭露侵略的暴行

传达正义的期待

消息传出

震惊了东方边城佳木斯

你的女儿邵云环

竟永远地留在了那里

用单薄的身体遮挡了钢铁的倾泻

震惊了江南水乡丹阳

你的儿子许杏虎

竟在午夜离去

不忍中断白天的战地采访

震惊了历史名城北京

你的女儿朱颖

竟与虎子一同离去
年轻的身影走得那样意外

噩耗传来
人民愤怒了
军队愤怒了
大地和天空愤怒了
河流和山脉愤怒了
圆明园举起了带伤的手臂
静安寺撞响了沉默的钟声
黄河壶口奔腾着淤积的历史
长城垛口叠加着受辱的苦痛

江河倾诉悲戚
高山低头志哀
松涛悼念送别
翠柏伴你常在
共和国的上空
笼罩着凝固的烟云
鲜艳的旗帜上
飘扬着血染的风采
低沉的哀乐在大地回荡
血泪的控诉使愁云低矮
簇拥的花圈让垂吊者驻足
悬挂的遗像　述说着
在异国战斗的情怀

人们永远不会忘记
那位火中之凤
坚毅的面容上　架着

秀琅眼镜的年轻母亲
远离家园　藏起母爱
用敏锐的目光　观察着
战火中发生的一切
沉重的笔
凝着真理　述说恨爱

人们永远不会忘记
那位勇敢的虎子
与新婚燕尔的妻子
用正义的镜头　记录着
眼前的血红雪白
脖子上挎着的黑匣子
装着真相
闪着光明　放射风采

挽联垂垂　挽幛飘飘
万众悲愤　举国哀悼
党和国家领导人来了
社会各界代表来了
使馆工作人员来了
新闻工作者来了
工人农民来了
解放军战士来了
母亲们来了
少先队员们来了
亲朋好友来了
国际友人来了……
他们的神情是那样严峻
他们的目光是那样深沉

雄伟的人民大会堂内

聚集着雷霆万钧

悼念殉难的三位英雄

迎接驻南使馆的功臣

那是一次不同寻常的大会

那是一次从未有过的集会

义勇军进行曲在回荡

黄河大合唱在回荡

红岩精神赞在回荡

英雄战洪图在回荡

祖国请检阅在回荡

我们的心声和着热血

我们的队伍浩浩荡荡

那是一次不同寻常的大会

那是一次捍卫母亲的"升帐"

我们是黄河长江

我们是昆仑太行

我们是东部西部

我们是南方北方

我们是忠诚正义

我们是团结刚强

我们是冰雪燃烧

我们是河流滚烫

我们是中华民族

我们是华夏炎黄

一个个龙的方阵

一排排龙的脊梁

红色岁月　红色历程　红色史诗　红色经典

中国人是讲理的
中国人有理也是要讲的
我们不容许儿女们
在阳光下被魔鬼夺走
我们不容许国际法
在春日里被践踏破坏
向侵略者讨还公理
要肇事者偿还血债
愤怒的火焰燃烧着江河湖海
激扬的声音震荡着森林山脉
外交部发言人义正词严
集会的人们群情激愤
使馆区的游行队伍义愤填膺
改革开放中成长的一代
用正义回击邪恶
用理智拥抱未来
站起来的中国人民
威武不屈　百折不衰

很快　热线电话那端
传来道歉
大洋彼岸的特使
负荆前来
两千八百万美元赔款
虽由国会山开出
可"误炸"的解释　又如何
能将侵略行径说得明白
声称是用了"旧地图"的缘故
听吧　狼吃羊的故事
又有了新说　间谍卫星

与地球同步的头号国家
竟然使用陈旧的地图
啊　真实的谎言
难以把事实掩盖

妄图重温八国联军旧梦的
梦游者们　睁开
惺忪的睡眼吧
一个希望的东方
一个崛起的中国
一个兴盛的时代
正迎着风雨走来

多瑙河的蓝色水面
暂时恢复了平静
可海底的潜流
依然是那么湍急
贝城的那栋五层白色
建筑物　已修复完整
可"滴血的白鸽"
已成为瞬间的永恒
记住吧　曾经
万籁无声　夜半惊梦
炸弹的呼啸
唤醒了酣睡的人们
打碎了幻想的花瓶
和平的晴空也有阴霾
只要战争的机器存在
就会打制流血的产品
警惕啊　那些

创造财富的善良人家
毋忘劫贼　毋忘危殆

75

击水中流
不可能一帆风顺
迎接邪恶势力的挑战
击水者才变得英勇和果敢

一九九九年春天
首都——北京
五一劳动节前
为了庆祝劳动人民的节日
为了迎接祖国的五十华诞
所有的楼厦都在整容
所有的道路都在拓宽
所有的花草都在着色
所有的地面都在打扮

四月二十五日
一个令人沉重的日子
几缕苦涩　几丝暗淡
一万多名所谓的
"真善忍"信徒
鬼使神差　诡秘悄然
像一道弯弯曲曲的
篱笆墙　围聚着中南海
膨胀的人群　凝聚的空气
交叉感染

加快了血管里的流速

加剧了排气管的尘烟

紧急通告　紧急通告

广播里反复播送着

同一个声音

人头攒动　拥挤不堪

几多噪音　一片杂乱

年轻的共和国啊

进行着又一场

正义与邪恶的较量

经历着新一轮

科学对愚昧的宣战

那个自称"弘法""护法"的大师

口中念念有词

心存邪恶异念

玩弄着"法轮"的把戏

把一批无知者引入深渊

他宣扬"科学无用论"

诬蔑科学"导致人类社会

道德的败坏"

无视科学的进步魅力

停留在蒙昧的原生带

他宣扬"世界末日论"

扬言地球面临着"灭顶之灾"

我们说　人类开发了

地球家园

地球村播种着美好未来

他宣扬"救世度人论"
自封是"整个宇宙的主宰"
哦"从来就没有什么救世主"
一句熟悉的歌声
唱出了新世界的豪迈

他宣扬"真善忍论"
鼓吹"业力回报"
"修炼还债"
误人子弟啊
荒谬孵化着悲哀

他宣扬"独尊大法论"
要人们摇着他的"法轮"旋转
孤独老人说过
否定一切
最终把自己孤立在门外

弥天的谎言
像狠毒的蛇蝎
吞噬着善良的心灵
似诱人的麻醉剂
注入信徒们的静脉
怂恿酿成了悲剧
荒唐孕育了怪胎——

愚昧者偷食着愚蠢
失意者选择了失态
入魔者变成了病魔

痴情者享受着痴呆
求学者荒芜了学业
耕耘者收获着懈怠
患疾者拒绝了生命
溺水者泊向了死海
欢喜人家失去欢乐
兴旺门第捧回衰败……

这是一个藏匿着杀机的巢穴
他们非法聚集　泛滥成灾
听任摆布的信男善女们
如堕烟云　犹入雾海
魂断"法轮"异想天开

不是吗　大千世界
形形色色的邪教
诱迫千百名无辜者
升"天堂"入"火海"
走向死亡地带
这些反人类　反社会
反科学的疯狂之举
暴露了荒诞邪教
是一群连体怪胎

哦　为了国家的稳定
为了民族的兴盛
为了人民的安宁
中南海里　英明决策
举国上下　拍手称快
取缔邪教　铲除毒瘤

通缉所谓"护法大师"
荡涤社会渣滓
在共和国的蓝天下
为春天喝彩　为科学抒怀

我们的党　政府　人民
对误入歧途的心灵
倾尽了慰藉和关爱
用温柔的春风吹拂心扉
用热烫的话语化解冰壶
用心灵的钥匙开启锈锁
用关切的爱抚支撑未来
啊　春天的候鸟飞回了屋檐
太阳的光辉沐浴着窗外
小巷恢复了往日的宁静
少女找回了心灵的洁白
迷舟升起了理想的风帆
风车张开了希望的情怀

警惕啊　我的朋友
在前行的路上
不只是铺满了阳光和鲜花
不只是迷人的歌声和喝彩
也有丛丛荆棘
也有道道陷阱
还有那失窃坠身的井盖
让我们把准方向
看准标牌
不贪婪路边景色
不迷恋岔道异彩

迎着山那边的日出
一步步走向光明
一程程奔向豪迈

76

击水中流　我们
绝不允许分裂的阴谋得逞

所有的历史都可以说明
我们地域相连　一脉相承
所有的物种都可以作证
我们本属同根　相依为命

关于台湾
我所读到的
是远古时期的地壳运动
大陆架沉入海底
一颗橄榄果浮出洋面
吟哦着海峡涛声

关于台湾
我所听到的
是台南"左镇人"
与北京"山顶洞人"
一起从史前走来
在大陆进化　过台海穴居
突起的眉骨　磨损的下腭
孕育了人类文明

关于台湾

我所看到的

是三国时期吴王孙权

点兵万名　渡船南下

开拓了宝岛的

年轻生命

血与火的炼狱

铸就了宝岛的南海风骨

风与雨的洗礼

描绘了宝岛的亮丽风景

陆与岛的情缘

架起了两岸间的一道彩虹

哦　我那岛上人家

我那海上明珠

也许是你孤岛坐落

也许是我半醉半醒

我们几度悲欢离合

几番失而复得

几经磨难凌辱

那段离我们远去的

郑成功轶事

化作美妙乐曲

飘在耳旁　润在心灵

使人生出许多悲壮和感动

我们隔岸相望　思乡牵手

我们近在咫尺　寻根梦境

就在我们会晤途中

有人掀起排排浊浪

有人刮起阵阵狂风

鼓吹什么"两国论"

推行什么"一中一台"

叫嚣台湾同祖国大陆

是"远亲""近邻"

跪在洋人面前　屈膝卑躬

一副地道的媚骨上　镶着

一张可怜的奴容

翻开那发黄的历史长卷

仿佛听到大东海上古船的

舞动　从此岸到彼岸

垦殖的犁刀

屯戍的兵丁

巡检的官吏

钦定的统称

还有那数不尽的人流香火

割不断的血缘亲情

一路上闽语粤调

唱不完我那温暖的大陆风

勤劳智慧的台岛同胞

把家园装点得

婀娜多姿　富庶多情

哦　迷人的大屯春色

耀眼的玉山雪峰

闪烁的澎湖渔火

秀美的日月潭情

高贵的兰花凤蝶

亮丽的翠玉青枫

遥望那美丽的宝岛

吟不够的岛上风景

陆岛从来是一家

河洛人　客家人

大家都是中国人

尽管走了许多路

脚下仍是华夏根

拜妈祖　拒"皇民"

怀揣我的中国心

讲母语　望大陆

思乡更有"老兵村"

我们同祖又同宗

我们相知又相亲

决不容许有的人

诬我中华　焚我河山

断我亲情　添我伤痕

我们回眸那段历史往事

在完整的华夏版图上

镌刻着——

汉武兴隆　贞观之治

康乾盛世

我们展望未来　统一的

大中华　必将绘出

中华儿女的龙腾和复兴

如今　时代不同了

中国的台岛　决不是

外国"不沉的航空母舰"

任何想把台湾
分割出去的梦想
最终　都是虚幻的泡影

啊　站立起来的大陆同胞
寄托着对岛土的眷念和钟情
不论前面有多少坑洼和泥泞
对岸那与"北京时间"
相一致的"中原标准时间"
每走过一圈
都将响起和谐的报时钟声

77

越过几重惊涛骇浪
渡过几多急流险滩
击水中流的舵手啊
驾驭风云　力挽狂澜
乘风破浪　昂首扬帆
大潮中铸成了坚实筋骨
海浪中练就了不屈肝胆
以信念之光穿越世纪隧道
以高昂斗志战胜云低浪卷
赢得了十二亿人民的衷心拥戴
赢得了举世瞩目的真诚礼赞
你在潮起潮落中行驶
你在艰难险阻中向前
击水中流的水手啊
顶着朔风　冒着严寒
激流勇进　飞桨鼓帆

把尊严捧在自己手中

把龙舟划进世界公园

从此　一切与船相连的民族屈辱

被抛向历史的沉舟侧畔

从此　在亚西亚的地平线上

高耸着一根希望的桅杆

远望一座座丰碑耸立

喜看一面面红旗招展

击水中流的船员啊

太阳导航　鸥鸟相伴

凯歌高奏　捷报频传

每个先进分子犹如一根桅杆

每个模范班组就像旗帜一面

任凭波涛汹涌　风云变幻

我们托起海风

我们飞舞浪尖

金秋的果香飘溢大江南北

丰收的喜悦挂满张张笑脸

饱览沿岸那秀丽风光

倚着航船那如林桅樯

扬帆远征的红船啊

载着南湖不变的初衷

载着诗人不变的理念

以磅礴之势荡涤污浊

以开拓之举收获灿烂

[1] 刘青山、张子善，见本书第 207 页注 [2]。王宝森是北京市原副市长，李乘龙是广西壮族自治区玉林市原市委书记，成克杰是全国人大常委会原副委员长，胡长清是江西省原副省长，均为犯有严重经济罪行的腐败分子。除王宝森畏罪自杀外，其他均被判处死刑。（见《文图并说中国共产党 80 年大事聚焦》第 902、903 页，解放军出版社,2001 年 3 月版）

[2] 邵云环，新华社驻贝尔格莱德分社记者；许杏虎，《光明日报》社驻贝尔格莱德记者；朱颖，《光明日报》美术编辑。1999 年 5 月 8 日，以美国为首的"北约"袭击中华人民共和国驻南联盟大使馆，不幸以身殉职。他们为和平、为正义、为祖国献出了自己的宝贵生命。（见《学习英雄事迹立志振兴中华》学习出版社 1999 年 6 月版）

第十三章　握手世界

以锤头和镰刀的交响
演奏新世纪的畅想
——题记

78

那雄壮激越的《义勇军进行曲》

伴着鲜艳的五星红旗

在人民大会堂

冉冉升起

元首陪着元首

迈着缓缓步履

在庄严的气氛中

沿着延伸的红色地毯

接受执行官的崇高敬礼

检阅山一样雄姿

海一样尊容的

共和国三军仪仗队

我们迎来了

又一批远方的贵宾

我们开始了

又一个清新的早晨

哦　在通往国宾馆的

十里长街上

清晰地印着　五大洲

不同民族　不同肤色

不同语言的朋友足迹

雄伟的天安门

古朴的华表

玉带般的金水桥

浓缩成朋友的美好记忆

望着广场上欢迎的人群

目送渐渐远去的贵宾车队

那一张张笑脸　唤起我

对友好往来的向往和憧憬

那一道道辙印　勾起历史

留在我胸中的波涛和涟漪

在那落后挨打的年代

外交与屈辱

是一对孪生兄弟

丧权辱国的谈判者

在洋枪洋炮面前

只有签字的权利

没有发言的资本

只会退缩和拱让

而不敢斗争和抗衡

并不是他们没有善辩的口才

并不是他们都愿意卖国屈尊

而是因为他们代表的是

没落的王朝　因为腐朽的

制度生不出神奇的外交

落后的实力滋生着衰弱的

神经　强权和霸气

扫尽了顶戴花翎的威风

苦难的海水　浸泡着

受压迫者的命运

啊　变化了年代国号

却变不了跪着的双膝

一折折卖国契约

蘸尽了同胞血泪

半壁江山　拱手送给洋人

屈辱的历史　留给了自己

一部旧中国外交史册

印着中国人的——悲愤

79

在世界冷战的阴云瑟风中

在两个阵营的冷眼对视中

一个沉睡百年的东方巨人

终于站立起来了

她透过古老的红砖碧瓦

她推开朱漆锈斑的窗叶

送给世界一个大写的"WE"

送给世界一个后来在国际舞台上

频频亮相的"CHINA"

那些惯于扭曲事物的

深凹瞳孔

最不愿看到　对面

站着一个新生的中国

他们用装着军事镜片的目光

扫视着每天的世界
一幅多彩的外交景色
被镶嵌成火山爆发图
交往错位　血燃着火

把手握向苏联
握向社会主义老大哥
面对美国的敌视目光
中国共产党别无选择
"另起炉灶""一边倒"
"打扫干净屋子再请客"[1]
一个新崛起的大国外交
一开始就表现出无畏的气魄

北京　金秋的十月
新中国第一个收获季节
宽敞的前门火车站台
人流如潮　鲜花似火
欢迎的人群载歌载舞
好客的人们前来道贺
我们的总理亲自迎接
敞开的共和国大门
迎来了远方的苏联贵宾
迎来了第一位驻华使节

与此同时　在伏尔加河畔
在十月革命的发祥地
在那遥远的莫斯科
我们的大使递交了国书
新中国外交的长跑纪录

实现了"零"的突破

一批欧亚国家

与我牵手相约

中华外交园里

绽放出鲜花朵朵

那是一趟不限期的出访

那是一生唯一到过的友国

那是一次最难忘的握手

那是一件艺术性的杰作

在《东方红》乐曲声中

我们的开国领袖

启程远行 走向跨越

去寻求老大哥的支持与合作

去会见那位口衔烟斗的伟人

像他的名字一样

有着钢铁般的性格

姐妹河别墅

象征着大家庭的温馨

寿辰庆典上

思虑着新诞生的祖国

一方在等待中企盼

一方在游戏中妥协

随着两位巨人大手

跨国相握

两国签订了同盟条约

哦 蓝天投来赞许的目光

朝霞捧出由衷的祝贺

那深深的呼吸 伴着

舒展的动作

那自信的脚步　踏着

和谐的节拍

跨过高山　越过湖泊

一路上春风吹拂

代表团载誉归来

此时的首都北京啊

正是初春的宜人景色

五十年间的风风雨雨

半个世纪的震荡颠簸

望着夜幕下依稀可见的

拱形圆顶建筑

我们仍能体会到

那年那时的感情"蜜月"

飞驰的国际列车

载着两国间情怀

繁忙的建设工地

开掘奠基的长河

工厂矿山堆砌着

他们高大的形象

戈壁荒原留下了

朋友深深的脚窝

武汉长江大桥啊

耸立起友谊丰碑

乌苏里江客轮啊

荡漾着两岸欢歌

回顾那段大弯道的长路

老大哥曾带给我们琼浆玉液

也酿制了后来的酸楚和苦涩

80

当我们重新定格
那旋转的舞台画面
当我们回首审视
那闪光的外交足迹
一幕幕迷人的景色
映入眼帘
一串串熟悉的故事
留给记忆
是什么力量
铸塑了历史的辉煌
是什么色彩
编织了现实的壮丽
岁月驱使我
张开想象的翅膀
去一路追寻
时光鼓动我
产生足量的唾液
去反复咀嚼

这里有力与胆的较量
这里有智与谋的竞技

刚满一岁的共和国
派出志愿军子弟
奔赴三千里江山
主持公道和正义
在开满金达莱的地方

留下了麦氏的沮丧和败绩

在炮击金门岛中
两岸打打停停　不即不离
一方不攻　一方不撤
似乎一唱一和
玩着二龙戏珠的游戏

在胡志明小道这边
运筹帷幄　用兵神奇
一举解放奠边府
弥漫在印度支那上空的
硝烟　顿时止息……

啊　正是这一个个
军事天平上的砝码
正是这一声声
开春放飞的鸽哨
铸就了中国外交链上的
节节胜利

在那座美丽的城市
召开过以它的名字
著称的国际会议　而会前
那起空难噩耗
竟与"克什米尔公主"号
联结在一起　更添了
几分恐怖　几丝神秘

中国使者的鲜血和生命

拉直了人们弯曲的思维

中国总理的胸怀和智慧

拨正了会议的表针

聚焦了对话的主题

共同的遭遇　昭示着

求同存异

不同的肤色　孕育着

共同精神

一个新崛起的大国

展示着她的外交魅力

许多人至今不会忘记

中国政府首脑

访问亚欧非十四国

历时七十二天

行程十万八千里

穿梭世界经纬

跨越地球东西

代表团所到之处

人民沸腾了

朋友陶醉了

感情的闸门打开了

我们的总理

跳起了非洲舞蹈

宾主欢乐在

同一片天地

年轻的共和国啊

靠着斗智斗勇

打开了外部世界的大门

凭着平等互尊

播种着和平与友谊

在中外建交史上

演出了如此美妙的活剧

创造了如此动容的奇迹

加纳同中国建交

前后不到十五分钟

一张阿克拉饭店便签

联结着远隔重洋的此彼

听得到两国间的谈话与呼吸

古巴宣布同中国建交

走的是直线距离

在首都西维卡广场

那位大胡子将军亢奋地发问

台下百万人齐声欢呼

"西（同意）——西——"

突尼斯同中国建交

更富有戏剧性意义

当中国代表团访问途中

突方希望把"停机加油"

升格为正式访问　会谈中

又被中方的坦诚感动

当即决定握手挽臂

事情貌似格外简单

简直有些不可思议

其实啊　所有的

外国朋友都知道
中国的外交花篮里
盛装着真诚和友谊

强劲的东风 舞动着
环球赤道南北
正义的力量 打破了
超级大国的灰色隔离
只要真正走近了中国
走近中国的苦难经历
就会读懂日内瓦会议
就会读懂万隆会议
就会读懂中国外交快车
就会读懂 为什么
愚弄人者反被愚弄
孤立人者反被孤立
哦 外交其实不全在"外"
外交融在国力之中
外交装在人民心里
外交凝着中华骨气
这就是新中国外交的
生命和真谛

81

一幢坐落在
纽约东河河畔的
积木式建筑
一部弹奏着地球
与其散步的

庞大国际机器

这里——
飘扬着一百八十多个
主权国家的国旗
不同的图案色彩
一样的长方尺寸

这里——
一把扭曲的手枪雕塑
向人们昭示
世界需要和平
埋葬所有武器

这里——
一个破损的地球
仿佛在告诉人们
如果不爱护自然
SOS 的呼救信号
就会此伏彼起……

哦　在这些稀世珍品的背后
饱含着各国人民的
崇敬　期待　感激

五十多年前　中国
作为反法西斯国家代表
签署了《联合国宪章》
那位蓄着八字胡的中共代表
出席了旧金山会议

伴着一曲《东方红》

舞出了一个新中国

然而 中国的代表权"钥匙"

却没有顺理成章地拿到手里

为了这个属于自己的合法席位

新中国斗争等待了

二十二年零二十四天

日历每翻过一页

不平和伤痕的波澜

都沉积在我们心底

面对霸权的蛮横阻挠

中国在积蓄中奋进

大漠戈壁炸响了惊世春雷

九霄云外回荡着"弦外之音"

核大国俱乐部里

增添了一把东方交椅

我们的元帅外长

一派潇洒

令外国记者们叹服

一席答问

道出了中国的豪迈自信

封锁的沉闷终于被打破

大洋彼岸投来一记飞吻

美国总统特使

在悄然中密访北京

机翼下的暖湿气流

融化着两国间的冰冻寒期

伴着金色十月

一片风和日丽

第二十六届联合国大会

又一次

对中国的"钥匙"

进行审议

在激烈的唇枪舌剑中

使者们

思考着未来

选择着正义

一个庄严的时刻来到了

一个载入史册的决议诞生了

一场疲惫的不等式游戏结束了

闪烁的表决器

眨着喜悦的眼睛

以飞扬的神采　记录下

第二千七百五十八号决议

象征联合国权威的小木槌

轻轻举起　划过时空

这重量　举轻若重

这高度　无与伦比

这定势　不容置疑

这悦耳洪亮的槌音

犹如春雷炸响

犹如春潮涌起

犹如春风拂面

犹如春讯传递

剥夺者反被剥夺

正义者拥有正义

像上次被赶出大陆一样

阴错阳差 二十二年
历史又一次选择了必然
必然重复着历史的逻辑

会议大厅一片沸腾
代表们簇拥着跳起
人们高声欢呼
人们放声歌唱
人们手舞足蹈
人们情不自禁
欢呼这迟到的春天
庆祝这久盼的胜利
举世瞩目的摩天大厦
到处洋溢着节日喜气
啊 东河激流奔腾向前
迭起的声浪一泻千里
把逆转的旋涡击得粉碎
蔚蓝的联合国总部上空
高高飘扬着 飘扬着
属于中国星座的五星红旗

到纽约去 到大世界去
钦定的外交家率团前往
欢送的国人感受着胜利
精明的美国节目主持人
特意选乘了同一趟班机
当晚黄金时段
在大大小小的荧屏上
蓝眼睛的国度
第一次欣赏了

自信的中国
微笑的魅力

一夜间　密西西比河两岸
刮起了"中国旋风"
中国人的到来　有着
外星人着陆般的新奇
一位英联邦记者
这样评论——
中国代表团
如此备受注意
只有英国女皇
身着夜礼服
跳到游泳池里

啊　灿烂的星空
辉映着丝丝暖意
东方的魅力
拉近了遥远的距离
重返联合国的中国
带给这旋转的世界
无数个感动
无数个惊喜

82

五十年间的风云变幻
半个世纪的斗转星移
一条蜿蜒的地球红色飘带
编织着大国间的外交经纬

当我咀嚼着　那位

黑白两色墓碑者

种下的"卷心菜"[2]

当我重新解读　那场

大论战的反唇相讥

在双方的连篇空话中

我们还清了高额贷款

我们懂得了依靠自己

毛泽东用明太祖的古训

告诫自己的同胞——

深挖洞　广积粮　不称霸

在走过那段历史冰河之后

随着远征的大鼻子兵

撤回俄国营地

邓小平与戈氏　北京干杯

当我玩味着基辛格的

"波罗行动"[3]

当我欣赏着小小乒乓的

旋转魔力　我仿佛看到

那位博士外交家

又一次发现了新大陆

中南海向西方客人

敞开了朱红大门

一代风流人物

解开历史方程

西服领和中山装

实现了跨洋握手

东方的中国　那位

退休老人 仍在
关注着太平洋上风骤浪急
在那潮涨潮落中
一曲夏威夷吉他 奏响了
走进新时代的足音

当我一路追寻着
日本友人送来的千株樱花
春潮涌动 繁花似锦
它由民间人士移植
它系在野人士栽培
它是有识之士的勇敢化身 [4]
它向执政党人昭示
大千世界
花落花开 充满生机
本来是隔海相望 一衣带水
却走了好长的一段路
却唱了曲折的一出戏
一波三折
峰回路转 时伏时起
二十三年不寻常的坑洼路径
终于踏上正常化的轨迹

当我泛舟塞纳河上
欣赏着巴黎圣母院
欣赏着埃菲尔铁塔
欣赏着法国人的骄傲和灵魂
毛泽东引用"鹬蚌相争
渔翁得利"的典故
使客人解读了其中的道理

富尔的《龟山与蛇山》[5]

引起了总统将军的注意

两位伟人不约而同地

从地球的东方和西方

把手伸向了一起 简短的

两句话建交公报 产生了

"突发的外交核爆炸"威力

先同中国建交

再看台湾降旗

法国承认今天的现实

中国拥有明天的一极

美国在不情愿中

受到盟友的一击

哦 椭圆形的人类球体

标定出新的支点距离

当我驻足在

大英博物馆中国厅内

唐代的三彩马

西夏的铜香炉

敦煌的飞天画

一切都是那样的熟悉

一切都烙着掠夺印记

其实 在西方大国中

英国最早拿到了

中国外交门票 可惜

大不列颠在海峡两岸

踏起了跷跷板

六十年代初

英外长曾问——

我们在联大还需几多次
投票　才能实现外交升级
中国的元帅部长笑答——
一次就够了
但必须是全票
哦　历史仅一步之遥
英国却走了二十余年
直到中美间冰消雪融
中英才迎来外交春意

83

一条飞舞的彩练
一部传奇的诗典
一种七彩的语言
在世界外交苑里
传导着认同的两端
它使大地变得清新
它使天空变得蔚蓝
它使山河变得雄伟
它使生活变得美满
它使中国走向了世界
它使世界欣赏了中国
我们的外交图景啊
如此秀美　斑斓　壮观

哦　我们的外交不是招贴画
我们的往来不是靠银弹
我们的拓展不是凭游说
我们的空间不是求神仙

一个站起来的东方巨人

舞动着交叉的锤头和镰刀

伴着新世纪的畅想曲

行进在世界的红地毯上

那绚丽的外交舞步啊

更加坚定 从容 稳健

有了骨气的时候

做人也感到舒展

失去骨气的时候

说话也变得气短

哦 回首新旧中国的外交

经验和教训都是那样丰满

如果把自己的方针和政策

建立在外国人的表情变化之间

那么 不论如何风光如何荣耀

都将受到历史和人民的审判

如果所有的言谈和举止

仅仅是为了讨取外国人的欢心

那么 不论在民族眼里

还是在世界眼里

都是一种精神缺钙的表现

只有依照人民的意愿面对世界

才能不断拓宽外交生存的空间

只有具备了不信邪不怕压的风骨

才能在对外的史册上

写下强盛的诗篇

但愿这几代人外交斗争的经验

成为我们永远的外交观念

[1]1949 年 9 月 21 日，中国人民政治协商会议在北京召开，"另起炉灶""一边倒"和"打扫干净屋子再请客"这三大外交政策的原则精神，被吸收到起临时宪法作用的《共同纲领》中，从而在法律角度进一步确定了新中国的外交方针。（见《共和国外交风云》上卷第 20 页，中国广播电视出版社 2000 年 1 月版）

[2] 赫鲁晓夫的墓碑是黑白相间的，似乎昭示他毁誉参半的一生。"卷心菜"理论，系苏军元帅、国防部长马利诺夫斯基用苏联把赫鲁晓夫搞掉了，要中国也仿照他们的做法，向中国政府代表团提出的挑衅言行。（同上书中卷第 337 页）

[3] 通过巴基斯坦的"联络"，中美确定基辛格于 1971 年 7 月 9 日到 11 日秘密访华。尼克松为基辛格的此次外交行动取名为"波罗行动"，借鉴了当年马可·波罗来中国，发现了新大陆的典故。（同上书中卷 369 页）

[4] 一批有识之士为打开日中关系僵局加倍努力，其中日本著名的政治家、社会党委员长浅沼稻次郎甚至付出了生命的代价。1960 年 10 月 12 日，浅沼稻次郎在日比谷公会堂演讲，呼吁日本政府改变对华政策。他说："我认为中国只有一个，台湾是中国的一部分。因此，我认为日本政府应把早日和中国恢复邦交正常化作为日本外交的一个重要课题来对待……"当浅沼委员长讲到这里时，意想不到的事情发生了——一个右翼青年突然从听众群中冲上了讲坛，将一把长长的利刀刺进了正在一心一意演讲的浅沼委员长的心脏……浅沼倒在了讲台上。（同上书中卷第 491 页）

[5]1957 年 5 月，法国前总理埃德加·富尔以旅游者的身份首次访华，受到了毛泽东主席和周恩来总理的接见。毛泽东在同富尔谈话中引用了"鹬蚌相争，渔翁得利"的典故，说明中法关系的利害所在。言谈之中毛泽东对富尔谈起了他的词《水调歌头·游泳》。富尔从"一桥飞架南北，天堑变通途"这一句中，读懂了毛泽东的意思。回到法国，富尔借用这首词的内容，写了一本介绍新中国的书，取名《龟山与蛇山》，富尔借用龟山与蛇山的比喻，说明中法之间应该架起一座沟通的桥梁，建立外交关系。（同上书中卷第 454 页）

第十四章　绿色旋律

党永远是　你的旗帜

你永远是　党的军队

这就是历史的结论

这就是不变的军魂

　　　　　　——题记

84

从南昌城头走来

从三湾村舍走来

从延河塔影走来

从鸭绿江岸走来

从边陲哨卡走来

从天安门前走来

走在祖国的强盛中

走在人民的幸福里

光荣的红色铁流啊

你密布历史版面的足迹

今天读来

仍是那样的清晰

你承受大山的重负

你顶着黑云的压抑

你穿过腥风血雨

你走过雪山草地
踏着泥泞
踩着蒺藜
脚步沉沉啊
足迹殷殷——
豪迈两万五千里

你载着大海的波涛
你卷着飓风的披靡
你穿过抗日烽火
你走过决战千里
披着夜幕
裹着晨曦
脚步匆匆啊
足迹深深——
大军南下赶路急

你映着旭日的霞光
你挽着皓月的明丽
你穿过广厦楼宇
你走过丰收大地
送来安宁
带来春意
脚步刷刷啊
足迹整齐——
父老兄妹瞅着喜

你托起祖国的威严
你揣着家乡的甜美
你穿过港澳南海

你走过北国边陲

播撒文明

捍卫正义

脚步轻轻啊

足迹熟悉——

多么可爱的新一辈

哦　你是党和人民的军队

你是祖国和平的卫士

那厚重的历史画卷

印着你闪光的足迹

永不迷向

永不歇息

伸向远方啊

留给记忆——

阔步迈向二十一世纪

在灿烂的阳光下

永远是那样的清晰　清晰……

85

漫长的边防线　宛若

萦绕着金鸡的一道光坏

闪耀的警惕目光　犹如

璀璨的明珠在环上镶嵌

寂静的夜晚

冷月挂在天际

炎热的夏日

骄阳落进臂弯

远方的哨兵

伴着庄严敬礼

心中一个祝福

向祖国报告平安

向亲人祈愿团圆

在这空旷的戈壁　雪原

脚步匆忙　身影威严

送走昨日　迎来明天

你们无暇去吟诗赋词

只能在梦中深情地吟诵

吟诵李白　苏东坡的豪放

吟诵柳永　李清照的婉约

吟诵陆游　辛弃疾的旷达

吟诵毛泽东　郭沫若的浪漫

吟诵艾青　臧克家的激情

吟诵冰心　卞之琳 [1] 的灵感……

哦　在你们香甜的梦中

流淌着一首首美妙的诗篇

清晨醒来　又是

诗的白云　词的蓝天

你们是好铁锻造的钉

铆在凹凸的版图上

香风不醉

金迷不动

为了界碑昂首矗立

目光里射出警惕

身影下映着忠诚

你们是耀眼生辉的星

镶在边陲的天幕上

斗转星移

往复无穷

为了乡亲们鼾声动听

安宁时从不懈怠

平淡中铸就永恒

你们是沉默寡言的钟

挂在寂静的哨卡上

厚重如金

使命神圣

为了市场繁荣

为了战场冷清

为了世界和平

即使音韵藏在腹中

宁愿一声不鸣

啊 有了你们伞一样的支撑

母亲们享受绿荫晚风

父兄们清晨扛犁耕种

学童们吟出琅琅书声

宝宝们梦中吸吮安宁

你们庄严的承诺

是大地的骄傲

你们梦中的微笑

是青春的歌谣

最能形容你们的

是迎风而立的劲松

最能概括你们的

是遮风挡雨的

钢──铁──长──城

86

在地球村的百叶窗里
在祖国雄鸡鸣唱的版图上
在古老而文明的天安门广场
人们追寻的视觉　交汇的目光
投向那历尽沧桑　文明
与进步叠起的制高点
投向那春天破晓　宣布
人民站起来的地方

铿锵的足音从历史走来
一次　二次……十一次
我们唱着《东方红》
一步一步跨入自强
一程一程迈向辉煌

春寒料峭　播种希望
我们讲着《春天的故事》
在第十二次进行曲中
收获着金秋的理想

哦　继往开来的领路人
带领我们披荆斩棘
走向未来　走向富强
这一次世纪大阅兵啊
怎不让人亢奋　激昂

期待着　期待着

那载着历史风云与

希冀的阅兵车啊

北京时间　正和着

中国人的心率　翘首眺望

艳阳天下秋高气爽

丰收大地一派金黄

时代的脚步催人上路

历史的钟声准时敲响

看见了　看见了

伴着军乐

披着阳光

迎着花海

向着前方

看见了　看见了

阅兵车驶出中门

驶在中轴线上

缓缓地　缓缓地

驶过雄伟的石狮

驶过古朴的华表

驶过玉带般的金水桥

驶向接受检阅的胜利之师

驶向阵容强大的人民武装

驶过来了　驶过来了

驶近军旗

驶近劲旅

驶近威武

驶近雄壮
驶过来了　驶过来了
驶近秋风
驶近绿装
驶近蓝天
驶近海疆……

"敬——礼"
将士的情怀　五指并举眉梢
眉梢下打开赤诚与爱戴之窗
还有那说不完的知心话儿
汇报给党——

"科学练兵呀红红火火
打赢的招法有土有洋
信息战走进'中军帐'
敲方寸键盘能驰骋疆场"

"边防的哨楼冬暖夏凉
巡逻路上不再骑驼牵缰
海岛的棚畦四季鲜嫩
连队的餐桌菜肴飘香"

"拥军市长关心咱军嫂下岗
安居工程引织女喜会牛郎
连队的 VCD 带来欢歌笑语
官兵爱手足情融成力量"
"视人民如父母
把驻地当故乡
我们军衣的纽扣后面

荡漾着
山的问候　海的祝福
风的翩舞　云的欢唱……"

望着这些熟悉的脸庞
龙腾虎跃在演兵场上
望着这些挺拔的身影
江岸大堤搏击风浪
望着这些钢铁般的臂膀
擎天的柱石啊正直的栋梁

"同志们好——"
"首——长——好——"
"同志们辛苦了——"
"为——人——民——服——务——"
慈祥的目光
传递爱的暖流
亲切的致意
生成力的磁场

统帅的号令　凝聚着
国家的尊严
人民的选择
民族的形象
哦　在党的旗帜下
我们顶住了金融危机的冲击
我们制止了洪水暴虐的猖狂
我们抗击了"炮舰政策"的威胁
我们处理了歪理邪教的荒唐
我们赢得了全国人民的衷心爱戴

我们拥有了第三代领导核心的
崇高威望
跟着党呀　走向胜利
听党指挥　坚定如钢

阅兵车驶近身旁
受阅战士无上荣光
接受统帅的检阅
接受人民的褒奖

看啊　洒满阳光的军旗
高高飘扬
看啊　旗帜辉映的军徽
熠熠闪光
行进中的长城
向着现代化跨越
我们的队伍
正步入高技术殿堂

这一列列威武的
几何方阵
是忠诚的象征
是正义的力量

这一个个等式
不等式编队
是和平的宣言
是胜利的冲浪

这一层层

银装素裹的梯队

是长空的卫士

是梭织的屏障

这一排排

绿色封面　注册着

军中精英

世纪之光

哦　高昂着头的火炮

不屈不挠

挺起胸膛的战车

神采飞扬

扶摇直上的神鹰

霹雳九霄

吞云吐雾的加油机

使机翼延长

海上游弋的飞弹

不再画地为牢

沉默寡言的战略导弹

增大我在全球论坛的分量

阅兵车驶过来了

十里长街排行英雄榜

——威武的仪仗兵

山的尊容

海的雄姿

国的形象

——新型的院校生

人才摇篮

抗大校风

未来希望

——勇敢的陆战队

陆上猛虎

水中蛟龙

云空飞将

——年轻的水兵

洁白的浪花

流动的国土

蓝色的海洋

——神奇的空降兵

从天而降

另辟战场

新生力量

——英姿飒爽的女兵

唱着娘子军歌走来

讲着胡兰故事行进

读着时代橱窗成长

——忠诚的武警卫士

守卫着祖国的

每一个夜晚

每一个黎明

每一座城市

每一座海港

——豪迈的男女民兵

一片蔚蓝的晴空

一抹火红的霞光

一脉延伸的长城

一道金色的篱墙

阅兵车驶过金水桥

热血沸腾群情激荡

举起风的手啊

打开云的窗

我们纵情欢呼

我们放声歌唱

"歌唱我们亲爱的祖国

从今走向繁荣富强……"

站起来的人民扬眉吐气

富起来的家乡赞美改革开放

我们的国力节节升高

我们的生活荡起双桨

我们的人民奔向小康

阅兵车缓缓驶过

眼前的子弟兵

多么让人亲近

多么使人钦佩

多么令人敬仰

赞美你啊

新时期最可爱的人

歌唱你啊
生机勃发的阅兵场
高山为你举杯祝酒
大海为你敞开心扉
万物伴你茁壮成长
百鸟为你狂舞欢唱

目送阅兵车渐渐远去
三军将士心潮澎湃
细说感想——

喜庆共和国之树
增添世纪年轮
笑迎和平之鸽
永远振翅翱翔
我们饮誉北京
我们享受荣光
我们感知使命
我们承诺希望……

踏着矫健整齐的步伐
伴着钢铁洪流的声响
高举旗帜　满怀信心
前进　前进　奋勇前进
向着东方　向着太阳
向着现代化的辉煌
向着新世纪的曙光

87

战争　从来不重复昨天的游戏

随着新概念新技术兵器走上战场

导弹的射线拉直了地球抛面

武器的包装孕育着武装的对抗

非对称　非线式　超限战

哦　不均衡伴随着不商量

"黑客"滑过指间　呼啸裹着残阳

"沙漠之狐"的一缕硝烟

浓缩着人类历史的全部悲怆

"联盟力量"的厚重头盔

透过夜幕把猎物锁定在黑框

为了拥有的选择

选择拥有的力量

军事家们做不尽的天下文章

和平之树　倚着血与剑的支撑

钢铁劲旅构建着和平走廊

像当年抢占火力制高点

像当年走向大比武赛场

历史再一次对准焦距

未来再一次积蓄力量

"科技大练兵　一切为打赢"

全军将士的心愿

化作多彩的翅膀

飞向蔚蓝　飞向碧绿

飞向洁白　飞向远方

啊——啊

远方的旗帜染着朝阳

远方的星辰熠熠闪光

那是我们前进的队伍

那是我们升起的理想

一座座沸腾的军营

一个个银色的机场

一艘艘昂首的舰艇

一尊尊旋转的炮塔

一辆辆轰响的战车

一部部高耸的雷达……

驶向智慧的丛林

驶向知识的海洋

那洁白的浪花

是我们纷飞的思绪

那闪烁的浮标

是我们不眠的灯光

那求证的方程

是我们希望的彼岸

那执着的信念

是我们远征的帆桨

昨天　与我们擦肩而过

今天　与我们撞个正着

举起如椽的笔啊

塑造明天的辉煌

一批批硕士博士携笔从戎

脱下学位服　戴上贝雷帽

一身身迷彩服跨越 T 形舞台

圆了大学梦　又圆军营梦
年轻的白桦林扬起手臂
火红的杜鹃花绽开脸庞
嬉戏的山涧水窃窃私语
欢乐的吉祥鸟展翅翱翔
捧着热切　带着奔放
唱着大风　掩着书香
绿色方阵喷涌着知识琼浆
国民方砖砌高了长城垛墙
一道延伸的风景
鼓荡着新时代学府课堂
一支攀跋的队伍
打造着大中华现代国防

又是金秋十月　又是开镰季节
鸣叫的警报伴着急促的声响
昨天那场欧洲之战
在这里拉开了模拟战场
这是智慧与谋略的周旋
这是科技与意志的较量

剑不如人　剑法胜于人
"红军"的防护　巧妙的伪装
掩蔽部的坑道是一座仿造的山体
青山绿坡　流水欢唱
牧羊人不识昨夜隆起的山冈
那车那炮　那兵那枪
隐藏在山坳里　穴居在农院旁
过门人回娘家未见异常
凭着点石成金　打制地貌模样

难为那远方的电子眼
辨不清这里的圆方

剑不如人　剑法胜于人
兵不厌诈　假戏真唱
"红军"的假象　精彩的回放
假目标示出了逼真的形状
假装备发出了近似的声光
假物体显出了虚拟的图像
假地域呈现了战场的景况
枉费"蓝军"频频光顾　重磅奖赏
哦　这红蓝之间的追逐与对抗
饱含着知己知彼的知识和胆量

剑不如人　剑法胜于人
"红军"斗智斗勇在方寸荧屏上
点击鼠标　导弹呼啸着腾起
敲击键盘　金戈铁马鏖战在网
一网连千军　一网练千军
一网藏千军　一网抵千军
小小芯片布阵雄兵虎将
看不见的天外来客
突如其来的软杀伤
电子战演示了"元帅升帐"

八一大厦　运筹帷幄
一代精兵　迅速成长
举起森林般手臂　护卫祖国山河
托起发射架风骨　挺立中华脊梁
用科技之光点燃古驿站烽火

用智慧基因托起现代化国防

绿色的军营满园春光

激昂的歌声随风飘扬

"向前　向前　向前

我们的队伍向太阳……"

88

你们是一群怎样的人啊

怀里揣着滚烫

脚窝里盛着泥泞

送走夜暗

捧来黎明

用自己的微薄积蓄

燃起山里娃读书希望

一双双稚嫩小手

在帐篷小学

撑起未来图腾

哦　从睡梦中的脸庞上

我读到了你们绽开的笑容

你们是一批怎样的娃啊

头上顶着神圣

肩上扛着沉重

由远方飞来

在这里落定

驱走贫寒

送来春风

孤影灯下伴着笑声

丰产田里育出良种

望着你们汗湿的背影
心里升起无限崇敬

你们是一队怎样的兵啊
浓雾中闪着颗颗红星
泥沙中筑起绿色长城
波涛中泛起冲锋舟啊
风浪中托举着幼小生命
与死神搏斗
从虎口夺生
滚滚江河
奔涌着你们浓重的血流
巍巍堤坝
矗立着你们高大的身影

你们是一代怎样的"后生"啊
胸中装着咱百姓的真理
身后印着那整齐的脚踪
在金色的阳光下
播撒嫩绿
采撷嫣红
牵来蔚蓝
装点晴空
你们用鲜血和生命
换来彩蝶飞舞　家园安宁
你们用知识和智慧
拂拭祖国新世纪的眼睛
你们用赤诚和爱心
托起红船新的伟大航程

……

你们是忠实的代表

你们是胜利的象征

你们是文明的火炬

你们是和平的洪钟

蔚蓝的港湾

你们架起连心的金桥

金色的黎明

你们托出希望的彩虹

你们把江河的浪花

汇聚成大海的涛涌

你们把边关的明月

解读成家乡的龙灯

高原的雪莲

蕴含着你们绿色的旋律

大漠的驼铃

传播着你们悠扬的歌声

你们用涓涓细流

滋养着茂盛的森林

你们用缕缕光明

驱散着乌云和阴影

你们用年轻的双手

拂动温柔的春风

你们用芳香的泥土

修筑大地的田埂

你们用青春的方阵

装饰钢铁的长城

你们用血染的风采

书写儿女的忠诚……

这就是咱们当兵的人
这就是咱们将士的情
祖国啊　在你们肩上
你们啊　在人民心中

89

仰望我们的泰山昆仑
栉风沐雨　仆仆征尘
抚慰我们的长城砖石
饱经沧桑　累累伤痕

哦　古老的长城
华夏的脊背
雷电的搏击
使得你更加坚强
烟尘的浸染
使得你更加雄伟
雨雪的浇铸
使得你更加古朴
风云的洗礼
使得你更加苍劲
空寂的烽火台
述说着那不尽的硝烟
在这里燃熄
峰峦叠嶂　写下过耻辱
也写下过壮悲
哦　遥望你蜿蜒万里
仿佛从历史走来的

那支工农大军

你吮着中华乳汁成长
你踏着红色路标前进
你在前仆后继中壮大
你在坎坷曲折中发奋
漫漫长夜　仰望北斗
绵绵征程　锤炼丹心
一路上全靠党来指引

伟大的党啊　亲爱的母亲
她缔造了你　拥有了你
用先进的理论武装了你
用革命的精神培育了你
选择历史的选择
你所向披靡
实现人民的意志
你赢得民心
党永远是　你的旗帜
你永远是　党的军队
这就是历史的结论
这就是不变的军魂

坚持党的绝对领导
雄师劲旅铸造丰碑
高擎党的根本宗旨
"炭火"精神照耀后人
铭记支部建在连上
一座座熔炉凝聚军心
饱蘸民主与集中的淬火

智慧的火花点铁成金

"五句话"[2] 如五朵奇葩

七彩沙盘　繁花似锦

我们敬爱的党啊

你鲜红的旗帜

在前进的征程上高扬

代表先进生产力的发展要求

代表先进文化的前进方向

代表中国最广大人民的根本利益

——"三个代表"铺就方阵基石

托起钢铁长城　隆起巍巍昆仑……

哦　张思德　董存瑞

黄继光　邱少云

雷锋　苏宁

还有年轻的李向群[3]……

无数面英雄的旗帜

飘在将士中间

永驻官兵心底

无数颗耀眼的明星

闪烁在火热的军营

感动着远征的人们

我们的军队　英雄辈出

我们的英雄　党的丰碑

我们的丰碑　光耀后人

凭着这不弯的脊梁和风骨

我们飞渡天险　穿越深沉

我们迎风披雨　书写安宁

我们拥抱未来　编织崭新

我们用青春的火焰
点燃新世纪的缕缕亮丽
我们用年轻的臂膀
扛起新千年的道道年轮

[1] 李白，唐代诗人。苏东坡、柳永、李清照、陆游、辛弃疾，均为宋代诗人、词人。毛泽东，作为一代伟人，既是革命家、理论家，又是战略家、军事家，还是领袖兼诗人，创作出版了《毛泽东诗词选》，被誉为中国现代革命的史诗，当代诗坛的瑰宝。郭沫若、艾青、臧克家、冰心、卞之琳，均为现代诗人。（见《诗歌通典》，解放军文艺出版社,1999年1月版）

[2] "五句话"是指政治合格、军事过硬、作风优良、纪律严明、保障有力，是江泽民同志在1990年12月召开的全军军事工作会议上对新时期军队建设提出的总要求。1992年10月，江泽民同志在党的十四大报告中再次强调要按照"五句话"的总要求，全面加强军队建设。（见《政治合格》第1页长征出版社,1996年8月版）

[3] 张思德，中国工农红军，中央警卫团战士。1944年9月，在陕北安塞山中烧炭，因炭窑崩塌而牺牲。董存瑞，八路军战士。1948年5月25日在解放隆化的战斗中，手托炸药包炸毁敌桥头堡，用生命为部队开辟前进道路。黄继光，志愿军战士。1952年10月20日在上甘岭战役中，用胸膛堵住敌地堡的机枪射孔，壮烈牺牲。邱少云，志愿军战士。1952年10月12日，在敌山脚下草丛中潜伏时，山草被敌燃烧弹击中起火，为不暴露目标，烈火烧身，卧地不动，直至牺牲。雷锋，解放军战士。他公而忘私，爱憎分明，全心全意为人民服务。1962年8月15日因公殉职。苏宁，献身国防现代化的模范干部。1991年4月21日，在组织部队进行手榴弹实弹投掷时，为救护战友光荣牺牲。李向群，新时期英雄战士。在1998年抗洪抢险中英勇牺牲。这七位英模的画像经中央军委批准在全军部队张挂。

第十五章　远方的梦

让我们高举锤头和镰刀的旗帜
为东方神话里延伸的故事
创造更加引人入胜的情节
　　　　　　　　　——题记

90

我们从梦幻中走来
我们又进入新的梦境
金色的梦　蓝色的梦
绿色的梦　多彩的梦
一根根梦的琴弦
将我们心灵拨动
一声声梦的呼唤
引我们扬帆远行

哦　回眸过往的岁月
我们洗刷蒙尘的历史
我们点燃新生的火种
我们百年携手追求
我们世纪共同圆梦
归来的梦　飞天的梦
西部的梦　千年的梦
世世代代梦的解析

千千万万梦的方程

萦绕我们心间

托在我们手中

哦　迎着新世纪的曙光

展望明天希望的黎明

那美丽的风景如诗如梦

那悠扬的歌声格外动听

那甘甜的雨露滋润心灵

梦中飞翔　梦中欢腾

梦中吟唱　梦中喜庆

白云为我们设宴

晚风为我们助兴

月光为我们梳妆

星空为我们送行

金鸡一声啼叫

大地醒来　东方日红

91

哦　远方的梦　梦在远方

远方的山　低头不语

远方的水　默默流淌

远方的云　回旋不去

远方的风　诉说衷肠

生长这山和水的土地哟

你在水一方　可曾孤独

载着这云和风的大船哟

你漂泊在外　何时归航

一轮渐渐疲惫的罗盘

一副记忆痛苦的旋桨

劫掠出海 孤船流放

百余年的屈辱哟

风浪不平 岁月难忘

你不是迷途失散

你不是雾浓偏航

你不是触礁搁浅

你不是海浪灌舱

你不是冷月断炊

你不是落潮脱缰……

是强权海盗的血腥掠夺

是弱肉强食的疯狂掳抢

是落日辉煌的烟枪花阵

是缺钙软骨的逻辑荒唐

无理者因无理而得逞

有理者因有理而退让

香江水啊

晃动的倒影歪歪斜斜

濠江边啊

哭泣的风雨踉踉跄跄

南飞的雁呀雨来栖泥滩

出海的船呀浪涌漂远方

紫荆吐艳雾中

芙蓉出水梦乡

我们苦苦追寻的兄弟哟

近在咫尺 远在天涯

骨肉分离 隔海相望

在孤船离港的日子

母亲倚门盼归

愁断柔肠

同胞望眼欲穿

牵手思乡

几世纪的风雨飘摇

夜暗天长

不尽的思念

不尽的情怀

不尽的呼唤

不尽的向往

雁过低飞数归期

朦胧月下听涛响

归来哟　归来哟

远方的大船

远方的惆怅

思乡的心多急切

回家的路好漫长

罗湖桥不过百步

却走了一个世纪

妈祖庙一炷香火

缭绕了四百余年

举杯空叹遥望

草飞木凋　柳暗叶黄

一夜春雨

伟大构想了却几代人的夙愿

一觉醒来

"一国两制"化作冉冉升起的太阳

照亮了中华儿女的前程

润发了大地花开的芳香

这一刻终于来到了

一九九七年七月一日零点

它来得有些迟缓

时光总是落后心愿

它来得这样准时

历史终究没有晚点

在举世瞩目的交接仪式上

随着"米字旗"缓缓降下

五星红旗和紫荆花旗帜

徐徐升起

哦　一个庄严的时刻

一个盛大的庆典

一个永恒的瞬间

留在了历史版面

望着那徐徐升起的五星红旗

我们的领袖　我们的人民

我们的同胞　我们的官员

激动的情感浸润着民族容颜

我们百年等待　等待了百年

站起来的巨人　立地顶天

落后时的屈辱随风而去

发展后的今天拥有灿烂

智慧的力量解开了历史方程

神奇的设计树立了世界典范

望着那徐徐升起的五星红旗

肃立着胸佩紫荆花的特首长官

在割断殖民者的缆绳之后

黑眼睛黑头发黄皮肤的中国人

从此驾驭起这艘航船

连同船上的六百万船员

第一次明确了身份

主宰了自己的命运

赋予真正主人的尊严

哦　漂泊了一百五十六年航程的人们

终于驶进祖国的蔚蓝

驶进母爱的港湾

郑重地用自己的语言

向世界宣告——

香江从此进入历史的新纪元

望着那徐徐升起的五星红旗

举起手臂的将士神情肃然

无比神圣的感情涌荡心间

那大雨滂沱中威武挺立的青松

那温文尔雅和蔼可亲的笑脸

那操着熟练英语与使节对话的儒将

那熟知基本法驻军法的

守法儿男

从首次踏上这块国土起

面向大海　使命在肩

用忠诚的誓言捍卫美好的明天

望着那徐徐升起的五星红旗

祖国又添一道南海风景线

天安门向她庄严致敬

人民大会堂发去请柬

英雄纪念碑无限欣慰

历史博物馆感慨万千

哦　走进这温暖的家门

是多么的豪迈自信

是多么的喜地欢天

一次深深的呼吸

一个甜甜的舒展

好大的一个家啊

多美的华夏河山

伴着新千年款款走来

又一颗璀璨的明珠

挣脱占领者贪婪的目光

中国　郑重把她收回

轻轻地　轻轻地

暖在自己的心房

哦　望着五星红旗和莲花区旗

在濠江上空升起

所有的江河湖海酿作醇酒

所有的森林楼宇举杯当歌

为华夏一统的太平盛世

为千年之禧的灿烂辉煌

十二亿兄弟姐妹们

迎着旭日东升

伴着鸥鸟欢唱

跳起欢乐的圆舞曲哟

对歌莲岛那挺起的脊梁

欢迎你　久别的妈阁

泊岸——进港

那位在南海边上画圈的老人
他曾经相约　等到五星红旗
和紫荆花的旗帜在香港升起时
他要到祖国这片土地上站一站
看一看那里的人民
看一看原本就属于我们自己的
海风　海浪　以及
同胞们用勤劳和智慧浇灌的
华丽和繁荣
但是　他却没等到那一天
他为中国人民的事业耗尽了
毕生精力
把港澳回归的道路铺平之后
没有告诉任何人
便悄悄地拥入了大海的怀中
尽管　他没能站到香港的土地上
喝一口水　抽一支烟
没能看到米字旗如何匆匆落下
紫荆花如何骄傲地开放
但在回归的庆典中
人们却一遍遍呼唤着他的名字
一遍遍举行他设计的盛大庆典
从那时起　维多利亚港湾的海潮
年年岁岁澎湃着他的声音
日日夜夜激荡着他的满腔赤诚

港澳已经回家
只等那艘远方的古船

早日挂帆归航

我们和一九九七相约

我们和一九九九相约

我们和历史老人相约

一湾流水隔不住

潮起潮落总归乡

祝福我们的大中国啊

明天更美好

祝愿我们的统一梦啊

月圆天晴朗

92

哦　远方的梦　梦中飞翔

我乘坐着一艘彩色飞船

呼啸而起

冲出大气层　飞上穹苍

奔向云天之外

没有生命　没有空气

没有声音的地方

在那神奇而又冷寂的遥远世界

以轨道代替河床

巡看茫茫天河星团月光⋯⋯

为了这从地到天的美丽幻想

为了这由猿到人之后的又一腾跃

地球人类　漫漫长路　历尽沧桑

伟大的先行者们　用生命之火

焚烧愚昧荒谬　照耀科学殿堂

现代文明人　借助天文望远镜

使视野移开椭圆形的地球故乡

当人类目光　穿过
太阳系时空隧道　在所有的
蓝眼睛　褐眼睛　黑眼睛面前
展现出　银河系外
本星系群　星系团　本超星系团
广袤无垠　混混沌沌　浩瀚茫茫
正如地球上
山外有山　山川相连一样
开放的宇宙
天外重天　天体无限膨胀

千百年来　人类从未放弃过
自由翱翔的追求与向往
人们乘着原始风筝　热力气球
盘旋的飞艇飞机
一次又一次
在失败与进步中彷徨
前赴后继的科学巨匠们
讲述着热烈而悲壮的故事
终于在二十世纪
开了一个个破天荒

——人造卫星
环地球旅行
从天外俯掠这
人间风光
——踏上月球
那蹒跚一步

地球人架起的天梯

骤然延长

——航天飞机

地天间来来往往

太空梭牵织女

喜会牛郎

——太空驿站

在空间的建立

人类登天有了

飞天走廊

——星际探测器

在太阳系奔袭

宇宙移民岛

太空生物圈

不再是图纸一张

——神秘的"先驱者"

飞向太阳系边缘

欢迎天外来客

到地球村造访……

在五彩斑斓的飞天中

我们伟大的民族

编织着迷人的梦想

从嫦娥奔月的神话故事

到原始火药的吐焰声响

从齐鲁大地风筝放飞的浪漫

到明代工匠万虎[1]升腾的悲壮

从一代科学骄子辗转归国

到大漠深处绽开蘑菇云朵

靠着不屈不挠的奋斗拼搏

我们拥有了自己的两弹一星

长征火箭还把外国卫星射入天堂

就连美国的宇航服　太空衣

也是美籍华人唐鑫源 [2] 博士首创

期待着　期待着

中华儿女

不能只为别人做嫁衣裳

期待着　期待着

浩瀚的太空

能有我们龙的街巷

哦　这一天终于来到了

在古老而文明的国度

又一次锻造迸发出

人类的智慧之光

顷刻间　世界惊愕了

舆论在暴涨　所有的

新闻版面　电子邮件

在传递着同一条信息

在分享着同一份辉煌

喜看又一个太空新生儿

在地球东方升起

遥望春笋般的抛射物

叩开了外层空间的天窗

也许是出于对美好事物的憧憬

"神舟"号成了你最初的姓名

也许是建设者的虔诚令你感动

一次飞行你就取得了圆满成功

哦　飞船　中国飞船

你这载着重负与希冀的精灵
沿着文明 进步 和平的轨道
勇敢挺进 呼啸升腾
飞越太空 遨游苍穹
巡看天河的神秘与神奇
感受宇宙的冷暖与光明

山川看得见 河流看得见
你燃烧的火焰辉映着华夏雄风
你上升的轨迹连接着未来远景
太阳听得到 银河听得到
是十二亿心跳汇成了你磅礴的力量
五大洲的目光同时交汇山神圣
风雨能感到 岁月能感到
龙的魂魄 龙的精神
在你辉煌的升腾中栩栩如生
在你浪漫的飞翔中又有了新的内容

飞离贫困落后
奔向富裕文明
告别故步自封
拥抱繁荣强盛
哦 飞船 中国飞船
随着你横空出世引颈长空
无数改变命运的奇迹
将应运而生

这是人类文明的巨大成果
这是宇宙拓荒史上的动人乐章
这是探测外星智慧生物的新军崛起

这是太空俱乐部又一新兴力量
这是新中国两弹一星后的第四辉煌
这是龙的传人在银河系荡起双桨
这是世界大三角支点在空间的标定
这是中华民族又一次展示智慧和力量

哦 望着这飞天的孩子
几多熟悉 几多惊喜
几多陌生 几多端详
天外归来 谜底深藏
一粒尘埃 一粒收获
粒粒凝重 颗颗发光
还有那太阳的
日冕 耀斑
电磁辐射场
宇宙射线 伽马射线
等离子体 重力波脉冲
都将为爱氏广义相对论
预示的重力波存在
提供暗物质留样
啊 让我们在破译这
一道道宇宙方程中
托起中华民族的希望
舒展科教兴国的翅膀
铸造新世纪航天的辉煌

93

哦 远方的梦 梦中眺望
中华雄鸡正引颈报晓鸣唱

雪山戈壁　黄土高坡　睁开睡眼
尽情享受太阳神醒来时的慷慨解囊
我们美丽广袤的西部大地啊
一片蔚蓝　一脉雪白　一派金黄

伏在西去列车的窗口凝视
浩荡的戈壁风　唤起我
无眠的记忆和感想
回眸历史的沉淀与堆积
漫漫黄沙地　下载了
地球驿站的厚重行装
伴着古代先民的急促呼吸
百川之源的大西北啊
孕育了无数令人景仰的奇迹和拓创

那骆驼和马队驮起的古老商道
五光十色的彩练　联结亚欧四方
遗韵千秋　源远流长
那藏兵地下　整装待发的兵马
信守屯兵千日　用兵一时
沉默千数百年　依然盔甲不解
那千佛洞卧着的佛　站累的金刚
永无休止地讲述着"飞天"故事
阅尽世间风月　洞中沧桑
那凌空高耸　错落有致的宫殿
作为民族和睦的宏伟象征
高悬在离太阳最近的地方
那离离荒草中的夯土巨冢
仍在述说着大夏国开发西北疆域
盛极两个世纪　策马雄踞一方

那被岁月和风沙掩埋的古老城堡

宛如一部关于先哲生存的大书

让后人慢慢研读　悉心品尝

还有那唐砖汉瓦　马踏飞燕

出土天日　异彩重放

带给这世界不尽的思量

这是一块古老而神秘的土地

你由远古走来　来得匆忙

你是华夏的摇篮　龙的故乡

你创造了古代文明

你孕育了生命和力量

你锻造了人类智慧

你散发着和煦的春光

你向未来走去　雾雨茫茫

你承载着历史的重负和希望

这是一块辽阔而神奇的土地

扑朔迷离　凄婉苍凉

这里的山以天字命名

这里的宝在地下躲藏

这里的风婆婆四处唠叨

这里的水神爷背井离乡

这里的骆驼把荒芜带远

这里的马尾打扫着悲壮

这里有着憨厚的牛群

善良的羔羊

这里的毡房就是天地

天地又是游牧人的毡房

这里的历史在沙层下深埋着

沙层下深埋着历史的惆怅

骑驼牵缰的人呀

荒沙漫漫 路在何方

啊 是毛主席派来金珠玛米

是金色的太阳送来幸福吉祥

一双长袖挥舞着潇洒人生

洁白的哈达飘逸出缕缕慧光

一路欢歌 一路拓荒

播撒着新生的喜悦

收获着世代的梦想

改革的春风吹拂荒漠

坡上人家换了模样

江河源头由西滚滚东流

春潮涌动 后浪簇拥前浪

一位世纪老人 吟出

"两个大局"的曲牌

从此 中国舒展双翼

搏击腾飞 振翅翱翔

喜看那沿海挂帆起锚早

笑迎那东方风车转力强

随着新千年春天的钟声撞响

在这温存着历史余热的西部

传导出另一端的滚烫和奔放

龙年龙舟昂首飞渡碧海

西部船队跃谷驶向大洋

消息传来 麦西莱甫男女劲歌狂舞

晚霞余晖 昭示着明天升起的朝阳

大开发萌生了脚下土壤的窃窃私语

西部热土暖化着云层中的冰雪脊梁

这是一块熟悉而神往的土地
这是一盘别具吸引力的磁场
这里留有美好的回忆
这里淌着难忘的时光
这里系着不了的情结
这里唤起多少人梦回故乡

康藏筑路者在这里架起人间彩虹
屯垦戍边人在这里绘出时代风光
高耸的钻塔竖起石油工人铮铮铁骨
挺拔的白杨伴支边青年高歌欢唱
大漠丰碑托起呼啸的火龙
琅琅读书声吟诵着未来希望
回味那风餐露宿的日日夜夜
鼓舞拓荒人谱写"东西二部重唱"

我们的交响乐气势磅礴
我们的开发梦浑厚雄壮
我们是在新的层面上编织
我们是在新的底片上成像
我们是在新的构架上耸立
我们是在新的里程上飞扬
弯弓射大雕　蒙尘为史
我们志成沙棘　骨为胡杨
我们一手更弦　一手改张
十二亿人的协奏曲　上演着
一部新的《黄河大合唱》

让雪域高原架起心灵银线

让戈壁大漠飞出火红凤凰

让黄河河套改变模样

让天山山麓满坡牛羊

让八百里秦川果红粮丰

让玉门关外春风荡漾

一个中国的西部

一个世界的中国

正在走出国门　走向 WTO 市场

西边的天幕绚丽多彩

进军的号角激越昂扬

不同民族　不同语言

不同服饰的人群

向着西部　向着高原

向着戈壁进发

高举旗帜

歌声阵阵　队伍浩荡

啊　多么艳丽夺目的花季

多么灿烂明媚的阳光

我们创业的誓言

我们良好的祝愿

都将记录在

中国"西部大片"的崭新画面上

我们欢呼　我们歌唱

欢呼西部美好的明天

歌唱明天中国的辉煌

94

哦 远方的梦 梦中惊喜
第一缕阳光镶在世界屋脊
第一场细雨洒在热带雨林
第一片嫩绿披上亚细亚大地
第一群归雁捎来春的消息
脚步匆匆的
黄皮肤 白皮肤 黑皮肤
从地球村落不同的巷道
一起迈进新的千年 新的世纪

回眸历史长河流淌的那段往事
我们踌躇满志 感叹不已
千年的时光太久太长
此伏彼起 望不见首尾
千年的足迹太短太急
听得到岁月间的谈话与呼吸
当古代先人用树枝画出飞禽
走兽的图形 人类文明
便开始从模糊走向明晰
在埃及金字塔古希腊神殿的
不断堆积中 象形楔形文字
留下人类历史的原始记忆
为丈量尼罗河泛滥后时常变化的
条块土地 先民们学会了计算
洞悉了物质可以无限分割的原理
随着火药 指南针 造纸业
印刷术的问世 一个东方古国

创造了世界文明的奇迹 然而
长时间闭关锁国的先祖啊
以弱对强 与西方玩了一把
落后挨打的游戏 中华儿女
经历了太多的凄风楚雨 苦难的
民众失去了做人的自尊和权利

哦 古老的黄河奔流不息
蜿蜒的长城巍峨屹立
不屈的民族风骨傲然
纯朴的国民不容辱欺
文天祥《正义歌》气宇轩昂
戚继光"杀贼保民"所向披靡
林则徐虎门销烟气贯长虹
邓世昌甲午海战视死如归……
千千万万不屈不挠的先人啊
万万千千大义凛然的先烈啊
铸就了民族挺拔的脊梁
塑造了华夏耸立的丰碑

真理的曙光
穿透了漫漫长夜
进步的春潮
唤醒了沉睡大地
东方的雄狮醒来了
古老的巨龙腾飞了
命运的奇迹出现了
一曲《东方红》
唱出了一个新中国
镰刀与锤头的重叠

拂去了厚积的尘埃

舞动出新旧制度的更替

从站立起来当家作主

到跻身世界拥有地位

我们在探求中调试色彩

我们在发展中编织秀美

望着蘑菇云团扶摇升腾

望着五星红旗在国际赛场

冉冉升起

望着一群群楼宇引颈探世

望着一簇簇打工潮开春转移

望着高科技园　生长着

一个个神奇

望着高鼻梁蓝眼睛　涉足

这片神秘土地

望着漂泊在外的孤舟

驶进母爱的港湾

望着"神舟"号飞船

巡视天河星际

早起晨练的人们

是那样轻松舒展

海边漫步的人们

是那样从容自信

海外游子　从未像

今天这样扬眉吐气

哦　在跨入千年门槛的时候

五十岁的新中国　讲述着

一个成功的故事

讲述着　对世纪之春的

憧憬和爱意

挥别依惜难舍的时光
我们学会了 在忘却中
把包袱丢弃 把重任担起
朝着那如歌如梦的远方
迎着那如诗如画的春季
迈着那轻快坚定的步履
在世纪之春的芳草地上
播种翠绿 播种青春
播种理想 播种希冀

希冀的春天 是一条奔腾的河
一路欢歌 一泻千里
超越情结的旋涡
冲破疆界的羁绊
把和平与富饶留给沿岸
伴着欢快的旋律 奔向
没有劫难的境地

希冀的春天 是一棵常青的树
绿色蔓延 春潮不患
披着春雨播撒七彩树种
裸露的山冈重新穿上绿衣
为勤劳善良的人们遮日蔽雨
为濒临灭绝的生灵带来慰藉

希冀的春天 是一座巍峨的山
高耸入云 无限神奇
踩着春雷登上科学高峰

迎着风雪攀缘希望阶梯

用知识的钥匙开启宇宙之谜

给世界带来一个个新的惊喜

希冀的春天　是一轮皓洁的月

举目相望　辉映此彼

一道海峡隔不住

朝朝暮暮盼统一

和着母亲声声的呼唤

终将迎来那梦中团聚的甜蜜

千年的报春花含苞待放

春风拂面　春雨淋漓

春花满园　春色秀丽

啊　新千年　新世纪

祖国容光焕发迎来新春季

新航程　新征途

时代意气风发跨入新轨迹

吉祥的白鸽

正吟唱着春的歌曲

解冻的河流

正涌动着春的足音

千年钟声回荡大地

广袤的森林萌动着绿色生机

远航的巨轮鸣响了汽笛

希望的田野正值播种旺季

站在千年门口的人们啊

高举伟大的旗帜

向着东方的晨曦

追寻那明天的太阳

收获共和国金秋的世纪

95

为什么东海日出云更红
为什么西域风暖冰雪融
为什么南国花开蜂蝶拥
为什么北疆柳绿归雁鸣
哦　远方的梦　甜蜜的梦
梦醒迎来欢庆
神州大地　一片沸腾
千年等一回
就是等这云海日升
托出新的黎明
千年共一醉
就是痛饮这冰消雪融
送我满怀春风
千年喜相逢
就是荡起这龙舟
驶向锦绣前程

欢庆啊——
山野披绿　火树挂红
热烈的锣鼓被击得滚烫
激越的歌声跳跃着冲动
操劳的人们　沐浴着丽日蓝天
希望的田野　拥抱着春雨春风
哦　神州大地迎来了龙年之春
我们谱写着又一个春天的故事
我们构思着美好的希冀和憧憬

欢庆啊——

大地放飞　冰河解冻

燃响的鞭炮散发着馨香

豪情的秧歌扭动着天性

快活的人们　手把着杯盏酒盅

丰腴的土地　荡漾着春色春景

哦　神州大地迎来了世纪之春

我们实现了新时期的跨越

我们开始了又一次伟大长征

欢庆啊——

星光灿烂　朗朗晴空

炽热的火炬点燃着生命激情

跳动的键盘解析着几多梦境

奋斗的人们　主宰着命运前程

神奇的国土　滚动着春雷春梦

哦　神州大地迎来了千年之春

我们梦幻着遥远的时空

我们踏上了二〇〇一高程

欢庆啊——

在这新千年的起点上

春天与温馨相遇

世纪与龙年相逢

巧合与机遇握手

巨龙与我们同行

与龙同行

春天飞起一道彩虹

欢庆啊——

千年第一春

春晓别样红

欢快的节奏

壮美的豪情

十二亿龙的传人

和着春的旋律

带着龙的激情

喜庆太平盛世

共赏今宵月明

欢庆啊——

在这狂欢之夜

在这灯海之中

热血和神韵翩翩起舞

大地和儿女邀月当空

举杯祝福祖国千年春

浓彩描绘民族新风景

为了追逐新千年的太阳

为了走进那远方的梦境

我们怀着执着情感

我们捧出无限忠诚

高举用《宣言》打制的锤头和镰刀

去拥抱地平线上新的成功

96

哦　远方的梦　奔向远方

远方的蓝天明丽宽广

远方的田野肥沃芬芳

远方的杨柳婀娜多姿

远方的花草沐雨飘香

远方的祝福充满吉祥

远方的呼唤透着刚强

远方的跋涉不同寻常

远方的追求一如既往

远方的梦　奔向远方

五十六个民族

合唱同一首歌曲

十二亿双手臂

擎起同一个信仰

九百六十万平方公里土地

飘扬同一面旗帜

十二亿道目光

交织同一个理想

远方的梦　奔向远方

让我们乘着红色航船

驶入新世纪收获希望的远航

在一片片期待开拓的处女地上

用耕耘的汗水　智慧和力量

为祖国的山川河流

绣织令人神往的新装

在未来的风雨和云雾之中

用正义的壁垒和屏障

为兄弟国家兄弟民族

担当起公道而又富有的兄长

远方的梦　奔向远方

让我们高举锤头和镰刀的旗帜
挺起信念的脊梁
张开理想的翅膀
为东方神话里延伸的故事
创造更加引人入胜的情节
为红色诗典里辉煌的旋律
书写更加斑斓厚重的诗章

[1] 据史书记载，最早利用火箭飞行的人，是一位名叫万虎的中国明代工匠。16 世纪的一天，万虎坐在一个四周绑上 47 支火箭的椅子上，两手各握着一只大风筝。他打算等火箭升空后，利用两只大风筝带着自己飞行。然而，随着发出的轰响，火箭拔地升腾，冲入半空，最终栽到山脚下，万虎因此为科学献出了生命，并作为世界上利用火箭进行飞行的第一人而流芳百世。500 年后，美国人在月球背面发现的一座环形山即以"万虎"命名。（见《探索宇宙》第 37 页，世界知识出版，1999 年 3 月版）

[2] 唐鑫源博士，美籍华人。从"水星"号、"双子星座"号、"阿波罗"号到今天的航天飞机，30 余年来，美国太空发展的各个阶段，使用的太空衣都出自于唐鑫源之手，甚至连未来的太空站所需要的太空衣，唐鑫源也在退休前提前设计完成。唐鑫源设计发明的"太空喷气背包"，使得美国"挑战者"号航天飞机上的两名宇航员于 1984 年 2 月 3 日，实现了人类第一次不系安全绳的太空行走。（同上书第 76 页）

后 记

一

当最后一遍改定《东方神话》，把 11000 多行的软盘诗稿交付出版时，我们的心依旧忐忑不安。

这部长诗从酝酿到定稿，用了整整十个月的时间，可谓"十月怀胎，一朝分娩"。

2000 年春节过后，我们两人在一起谈诗，一致认为伟大的时代需要激情的歌者，世纪之交应当有关注时代最强音的鸿篇诗作。说到 2001 年将迎来伟大的中国共产党建党 80 周年时，我们都觉得这将是党和国家政治生活中的又一件大事，是中华民族的又一个盛大庆典，应当慷慨笔墨，大书特书。于是，我们初步商定，联手创作这部长诗，展现中国共产党 80 年的光辉历程，兼书中华民族五千年文明成果和 160 年来中国人民为独立、解放、自由、富强而不懈奋斗、顽强求索的历史。开始拟定长诗的题目为《红色诗典》或《东方神话》，在创作过程中，我们认为后者更能拓展诗意空间，更具深层审美意识，更易传达美学特征，遂定名为《东方神话》。

决心定下后，我们列出了创作计划，初步拟出了章节框架。整部作品分为 15 章 96 节，每章 4—9 节，每节 100 行上下，全诗 11000 多行，始终贯穿党的领导与党的成长的诗意对话。其中第 1—6 章，描述党由武装的历史走来；第 7—10 章，刻画党在鲜花和落叶中沉思；第 11—15 章，展现党踏着新时代的节拍前进。全诗既要体现结构上的系统完整，又能单独成章吟诵，力求做到主题突出，脉络清楚，意象明确，长而好读。在写作中，我们按照分工合作，卜宝玉执笔第1—9章，张庞执笔第10—15章。每创作一章之前，一起对要表现的内容进行磋商研究；每写成一章，又一块儿进行修改和补充。平时，及时交换感受、体会和意见，力争集两人的灵感智慧于一体，保持整部作品整体风格的一致性。从2000年3月开始，到2000年12月底，基本完成了全部初稿的创作。在此基础上，我们又听取了有关专家学者的意见，共同推敲、修改，基本做到了如出一人之手。

二

在创作的过程中，我们遇到了诸多难题。

首先是题材和画面的选取。中国共产党在领导全国人民进行革命和建设的辉煌历程中，创造过无数举世震惊的人间奇迹，也面对过许多复杂棘手的困难，遭受过一些严重挫折，留下了极其宝贵的经验和教训。坚持中国共产党的领导和社会主义道路，是中国近代史发展的必然结果，是中国人民作出的唯一正确选择。历史已经并将继续证明，中国共产党是领导中国人民掌握自己命运、建设中国特色社会主义、实现中华民族伟大复兴的核心力量。如何选取典型的事件和画面，艺术地再现这些已经被历史证实了的铁的定律，是我们在创作中时时处处都要思考的。我们坚持以党史中重大转折和重大事件为线索，以历史足音和时代节拍相叠印，以抒情为主与叙事为辅相呼应，力求形成史诗效果。我们感到诗不是史，赋诗不是写史，只能采取"大处不虚、小处不拘"的创作手法，挂一漏万，定格那些具有典型意义的历史场景，利用想象的空间、语言的张力和诗句的意境，展现波澜跌宕的壮阔历程。

如何把诗句写得具有韵律美和意境美，是困扰我们创作的又一个难题。诗之所以称之为诗，就是因为它不论整体还是局部都具有悦耳的美感、浑厚的意境和浪漫的思绪。对于中国革命和建设这样重大的题材，它的整体风格当属大气恢宏。然而，大气恢宏绝不等于空洞的口号或直白的说教。我们把对历史事件深沉的思考，把对党挚爱的情感，流于笔端，融入诗行，尽量将每一个句子都写得沉甸甸、湿漉漉的。党史已被人们所熟悉，单纯重复昨天的东西是没有艺术生命力的。为此，我们有意用今天的视角审视昨天的故事，透射不同阶层、不同年龄、不同成长经历的人们的不同心路，以及酿造他们殊途同归——对党领导的伟大事业倾注忠诚的情感，以此增加作品的历史厚重感和现实血肉感。

对党在前进中遇到的挫折和犯下的错误，譬如"文革""徘徊""腐败现象"，等等，是回避还是正视？怎样才能恰如其分地把握好度并纯化为诗？这是我们创作中遇到的另一个需要直面切入、善意抚平、诗化缝合的难点。这些历史伤痕，由于其支点的稳定性要求很高，所以，稍不留意，就可能成为"易碎品"，波及整体。对此，我们不讳疾忌医，不粉饰淡写，而是用唯物史观端正创作动机，从灵魂深处怀着对党无限热爱的情感，审视那段苦涩岁月和现实生活中的阴影暗角，怀着共产党人的高度责任感和强烈使命感，在忧患中奋起铿锵的脚步。我们的创作，不是有意地、简单地去揭历史的伤疤，而是让人们在风雨过后倍加珍爱灿烂的阳光；不是有意地、单纯地去露丑亮短，而是热切企盼在前进的道路上少走弯路，少犯错误；不是宣泄对前途和命运的悲观情绪，而是浓墨重彩抒写必胜的信念和美好的未来。

三

写作这部长诗的过程，是我们又一次系统学习党史的过程。

鲁迅说过，诗是民族的声音。把党领导人民进行革命和建设的历史化为诗句，这诗句无疑应是时代和民族的最强音。怎样才能把这种声音写实，写真，写得鲜活、生动而富有感染力？我们认为，首要的是应真实、准确、翔实地把握历史的脉络，熟悉发展进程中尽可能多的细节。为此，我们边学习，边写作，以学习来丰富、充实和调动写作。我们先后借阅和购买了近400册与党史有关的各种书籍，全部进行了浏览，并对其中一大部分进行了较为细致的阅读，做了大量的读书笔记。创作是一个厚积薄发的过程，写诗更是如此。有时候读了一两本书，仍找不到一句闪光的灵感，但读过的书却像泉水一样蓄在了思维瑶池，一旦找到灵感的缺口，便喷涌而出，一发而不可收，且时常闪烁着动人的光泽。

通过广泛阅读和学习，我们深刻地认识到，在团结广大民众进行不屈不挠的英勇斗争中，中国共产党始终站在斗争的最前列，任何困难和挫折，都无法阻挡她前进的步伐，而只能使她锻炼得更加坚强，更加成熟，更加稳健。我们也深刻地领悟到，中国革命、建设和改革的道路，是先驱们在艰难的探索追求中觅到的，是无数先烈用鲜血和生命换来的，是一代代英杰在开拓创新中赢得的，所有的成功和挫折，都永远值得我们铭记和思考。正是在认识和觉悟不断提高、升华的过程中，我们的创作欲望和激情也变得越来越主动，越来越奔放，愈加觉得写这部长诗，不仅仅是雕琢一部艺术作品，更是实现一种神圣使命，竭尽一份历史责任。

四

创作过程的艰辛，一言难尽。

由于我们两个人都是业余作者，所以，只能白天做事，晚上作诗，笔走龙蛇，夜行晓宿。学习和创作只有靠挤时间来完成。

从一开始，我们就定下了一个原则，创作必须在业余时间进行，绝不能影响本职工作。在创作中，我们始终不渝地遵循了这一原则。

我们的本职工作都很繁忙，时常需要加班赶点，没有大块整块时间，只有靠零打碎敲来完成创作计划。可以说，这部诗作是在节假日"挤"出来的，是在开会、采访途中的车上"颠"出来的，是晚上闭门谢客在办公室里"躲"出来的。

一年来，我们不敢有浮躁之心和懒惰之气，不敢丝毫懈怠和马虎。

由于我们的水平有限，驾驭这么大的题材也是首次尝试。为了把诗写得更有激情更富灵感，更入胜耐读，我们只有靠加倍勤奋和反复推敲，"百改不厌"。仅我们两人写下的诗稿草纸和随感卡片，就足有30斤重，用亲友的话说，是"以勤补拙""重载"参与。

这部大题材的创作框架确定后，我们就像为自己搭起了一个广阔的舞台，过去在写作实践中积累的各种方法和技巧都得到了尽情施展，一些熟悉与陌生的表现形式和手法也得到了较好运用，从而使得诗思和心绪能够在想象的空间自由驰骋。整个创作是一次漫长的自我掠夺性劳动，而回首这掠夺性劳动的每一个细节，我们都曾有过令人欣慰的喜悦和收获。

五

20世纪80年代以来，中国诗坛围绕着"表现什么"和"怎样表现"两种主张，展开了广泛而激烈的讨论。我们的创作思想是坚持把"为谁表现"放在诗歌创作的首位的。

创作采取什么样的方法，从来不是唯一的、排他的。

说到本诗的创作方法，我们始终遵循着忠于历史、解读现实、点面相映、酿造诗美的原则。忠于历史，就是忠于历史事件本身，按照历史的本来面貌和客观发展，来塑造历史，表现历史，用历史的篝火，燃亮那支队伍从远处走来的轨迹；解读现实，就是透过人们的心灵之窗，观察讴歌社会生活中美好的东西，鞭挞解析丑恶的东西，并在历史与现实彼此两岸，架起思维的桥梁，荡起想象的双桨；点面相映，就是通过写点与写面相结合的方法，达到写实与写意、写景与写情的统一，形成跌宕起伏、雄浑壮美之势；酿造诗美，就是把人们熟悉的东西，包括人物、事件及如火如荼的生活场景，纯化为诗，打制成诗，语言诗化。

我们感到，这一创作方法是一个有机的整体。忠于历史是对史诗的基本要求，解读现实是代表人民的清澈心声，点面相映是笔走龙蛇的轻起重落，酿造诗美是心灵诗境的自然表露。它们相互之间有着内在的联系，是一个统一的整体。只有把握得当，才能达到框架结构的整体美，诗意空间的意象美，语言表达的诗韵美。

六

近一年来的合作创作，是我们增进了解、相互学习、共同提高的过程。

在过去的创作中，由于我们风格的相近和对重大题材的共同关注，彼此创作的作品，都愿让对方当第一读者，提批评意见，说修改建议，这使得我们有了许多的认同点，也使此次合作有了良好的前提。

在创作中，我们始终平等相待，坦诚相见，及时切磋，认真探讨。我们对党、对祖国、对人民、对军队的爱是同样深挚的，共同的爱激发着共同的创作热情，共同的创作热情化作了抒发共同情感的一句句诗行。时光流逝，诗谊同在。

我们有理由认为，我们的合作，是阅历与活力的合作，是成熟与激情的合作，是沉稳与浪漫的合作，是一加一大于二的合作。就像炭与火，相互燃烧；就像枝与叶，相互依赖；就像鸟之双翼，车之双轮，共同载起诗的精灵，一起飞翔，一起奔跑。如果不是这样，我们中的任何一个人都不可能在这么短的时间内，完成这样一部大构架的作品。

七

一棵小树的成长，需要众多园丁的浇灌；一朵红花的绽放，需要众多绿叶的滋养。

在创作这部作品时，我们得到了众多的前辈、首长、老师、战友、亲朋及家人的慷慨帮助。我们找不到一种合适的回报方式，只有更执着地锤炼好每一个诗句，用对党最真诚的献礼，报答所有关爱和帮助我们的人。

真诚感谢北京军区李新良司令员、杜铁环政委等首长和政治部吕志主任等领导，是他们的教育、鼓励和支持，坚定了我们完成这部作品的决心。

真诚感谢中国诗歌学会会长、著名诗人臧克家老前辈，对我们的创作给予了肯定，并为我们题写了书名。

真诚感谢著名诗人、作家魏巍老前辈，著名诗人、词作家石祥老师，对我们的热情关心和诚恳帮助。

真诚感谢中国诗歌学会秘书长、著名文艺评论家张同吾老师，在百忙之中，对我们的创作给予了特别的关注，寄予热切的期望，并欣然为我们的长诗作序。新世纪到来之际，他又一次利用假日，对我们的创作进行了具体的指导，并代表中国诗歌学会给我们送来了新年贺诗：

> 新世纪的春光是美丽的书简
> 在天空和大地上写满了预言
> 用鲜花和阳光为你祝福
> 每条江河都是诗的琴弦

这充满激情的诗句，让我们看到了希望，看到了成功。

真诚感谢所有已经关注和正在关注这部作品的首长、老师、诗友和读者朋友们，相信有我们每个人对党的伟大事业和新的伟大工程的衷心热爱和踊跃参与，我们伟大的党将无往而不胜，我们的中华民族是不可战胜的。

作　者

2001 年 1 月 30 日，北京西山

再版后记

　　我们创作的长诗《东方神话》由解放军文艺出版社出版后，在中宣部、中国作协、总政宣传部、北京军区领导和机关的支持下，受到了评论界、出版界、新闻界和广大读者的广泛关注，仅半年时间就连续 5 次印刷，印数创下近年来诗歌类图书的一个新高。在纪念中国共产党成立 80 周年之际，《东方神话》有幸入选由中宣部、文化部、广电总局、新闻出版总署、中国文联、中国作协联合推出的纪念建党 80 周年 40 个重点献礼文艺项目，是 10 部献礼文学作品中唯一的一部长诗。中国诗歌学会为"表彰《东方神话》所取得的突出成就和诗学奉献"，特授予我们两位作者"时代放歌奖"。

　　回顾这部长诗的创作过程和出版后所受到的青睐，我们深深地感到，是中国共产党在 80 年风雨历程中创造的无数举世震惊的人间奇迹和永载史册的丰功伟绩，成就了我们的作品。真正的神话，是绣在红色旗帜上的故事，是留在红色历程中的足迹，是嵌在红色江山上的丰碑，是写在红色诗典里的名字。

　　起初，我们只是凭着一种真挚的感情和诗意抒发，表达对党走过的峥嵘岁月的真实感受。当评论界赞誉这部长诗"是我国第一部全景式吟颂中国共产党 80 年辉煌历程的长篇史诗，为我国长篇政治抒情诗创作提供了新经验和艺术探索的新天地"时，我们的心忐忑不安了。作为业余作者，初次驾驭这样建构宏伟的作品，加上创作时间仓促，诗作有待进一步完善。有鉴于此，我们这次再版，在保持作品原貌的基础上，对个别地方进行了修改，并酌情增加了几处深化诗意的片段，以增强长诗的起伏和灵动。同时，对一些比较重要的历史事件和人物作了必要的注释。

在过去的 80 年里，我们伟大的党领导人民在革命、建设和改革的各个历史时期，都创造了举世瞩目的辉煌成就。在新的世纪里，我们的党以"三个代表"为指导，必将创造出新的更加动人的人间神话。我们相信，《东方神话》一定能够由你，由我，由他，由我们大家，用如椽大笔，书写出更加激越豪迈的史诗续篇。

作　者

2002 年 1 月 6 日，北京西山